Kate Hewitt

SEGREDO PRECIOSO

Tradução
Angela Monteverde

HARLEQUIN®

2017

Título original: DEMETRIOU DEMANDS HIS CHILD

Originalmente publicado em 2016 por Mills & Boon Modern Romance

Publisher: Omar de Souza
Editora: Juliana Nóvoa
Assistente editorial: Tábata Mendes

Arte-final de capa:
Isabelle Paiva

Editoração Eletrônica:
ABREU'S SYSTEM

Impressão:
RR DONNELLEY
www.rrdonnelley.com.br

Distribuição para bancas de jornais e revistas de todo o Brasil:
Dinap Ltda. – Distribuidora Nacional de Publicações
Rua Dr. Kenkiti Shimomoto, nº 1678
CEP 06045-390 – Osasco – SP

Editora HR Ltda.
Rua da Quitanda, 86, sala 218 – Centro – 20091-005
Rio de Janeiro – RJ – Brasil
Tel.: (21) 3175-1030

Contato:
virginia.rivera@harlequinbooks.com.br

CAPÍTULO 1

Era uma noite mágica. Iolanthe Petrakis fitou seu reflexo no espelho de corpo inteiro em seu quarto de infância, e sorriu. Seu novo vestido de cetim branco e prateado delineava suas formas, justo até os quadris e terminando em babados nos tornozelos. Era um vestido de contos de fadas que reluzia a cada movimento seu, e digno de uma princesa. E esta noite ela se sentia uma princesa. Cinderela pronta para seu primeiro baile. Estava determinada a aproveitar cada instante.

Uma batida suave soou à porta.

– Iolanthe? – chamou seu pai, Talos Petrakis. – Está pronta?

– Sim. – Iolanthe ajeitou o cabelo negro e brilhante, preso em um coque sofisticado feito por por Amara, a governanta. Virou-se do espelho e abriu a porta.

Talos a analisou em silêncio por um momento, e Iolanthe prendeu a respiração, esperando que estivesse satisfeito com sua aparência. Após submetê-la a uma vida de reclusão em sua casa no campo, por fim ele permitira que tivesse uma noite de diversão e prazer. Iolanthe não suportaria que lhe tirassem isso.

– Estou bem? – perguntou deslizando as mãos pelo tecido brilhante do vestido quando o silêncio se prolongou demais. – Amara me ajudou a escolher...

– Está adequado – respondeu Talos inclinando a cabeça de modo sério, e Iolanthe ficou aliviada. Seu pai nunca fora um homem de demonstrações de carinho ou de elogios efusivos; já estava acostumada. – Deverá se portar com decoro o tempo todo – acrescentou ele com expressão severa.

– Claro, papai. – Quando fora que ela não agira com decoro? Entretanto, jamais tivera oportunidade de agir de modo diferente. Quem sabe esta noite... Iolanthe sufocou um sorriso travesso não querendo que o pai lesse seus pensamentos. De qualquer modo, não esperava demais, apenas um pouco de aventura, de emoção... Ansiava por isso após tantos anos de solidão.

– Sua mãe sorriria se a visse agora – disse Talos bruscamente, e o coração de Iolanthe se apertou. Althea Petrakis morrera de câncer quando Iolanthe tinha apenas 4 anos, e as poucas lembranças que mantinha da mãe eram nebulosas e não passavam de um aroma de perfume e do toque macio de mãos. Caso Althea tivesse vivido, refletia Iolanthe frequentemente, será que o pai teria sido diferente, mais presente e afetuoso? Mas do jeito que as coisas eram ela só o via em meses intercalados e suas visitas eram breves, apenas inspeções para verificar se a filha se comportava direito.

– Precisa de algo mais – declarou Talos. Retirou uma caixinha de veludo do bolso do paletó do smoking. – Isso é para uma mulher adulta, pronta para encontrar um marido.

– Um marido... – Iolanthe não queria pensar nisso. Sabia que algum dia precisaria se casar com um homem escolhido pelo pai, porém, nessa noite só desejava pensar em aventura e romance, mas nada de casamento. Nem de deveres.

– Abra – ordenou Talos e todas as preocupações abandonaram Iolanthe quando fitou, cheia de admiração, os brincos de diamantes em forma de gotas.

– São lindos. – Jamais possuíra joias; nunca precisara delas, vivendo uma existência solitária na casa de campo.

– Percebe que Niko não é apenas herdeiro da Petra Innovation, mas da Demetriou Tech também?

Chocada, Iolanthe caiu em si.

– Você o fará seu herdeiro...?

– Não tenho outro filho.

– Mas poderá se casar – protestou Iolanthe. – Poderá ter outras crianças...

– Eu me casarei – afirmou ele – e terei outras crianças, mas Niko é meu primogênito.

A ideia de que ele se casaria fez a cabeça de Iolanthe rodar, o que era ridículo. Alekos tinha 36 anos. Era evidente que se casaria, e talvez logo, talvez já tivesse uma noiva, ansiosa para se tornar *kyria* Demetriou. E ela nada tinha a ver com isso.

– Parece muito seguro – comentou. – Ainda nem conheceu Niko.

– Agora sei que é meu filho.

Iolanthe tentou raciocinar.

– Mas... e sua possível noiva? Poderá esperar que os filhos que você terá com ela...

– Minha possível noiva – interrompeu Alekos com a voz cortante – desejará que Niko seja meu herdeiro.

Iolanthe o fitou sem entender.

– Como...?

– Porque – continuou Alekos – minha futura e única noiva é você.

Querida leitora,

Iolanthe jamais poderia imaginar que, ao entregar sua inocência para Alekos Demetriou, sua vida mudaria para sempre. Afinal, após a noite de amor que tiveram, ela descobriu que Alekos era inimigo de seu pai… e que ficara grávida dele! Implacável e irredutível, Alekos passou dez anos planejando vingar-se da família de Iolanthe. Mas será que mudará de ideia quando perceber que o pequeno Niko é seu herdeiro?

Boa leitura!
Equipe Editorial Harlequin Books

– Há mais. – Do outro bolso Talos retirou um colar com três esplêndidos diamantes em forma de gota que combinavam com os brincos. – Pertenciam à sua mãe, ela usou no dia de nosso casamento.

Iolanthe segurou o colar com reverência, deslizando os dedos pelas pedras polidas e imaginando que a mãe um dia as tocara do mesmo modo.

– Obrigada, papai – murmurou com lágrimas na voz. Ele jamais a presenteara com algo parecido e jamais demonstrara tanto afeto.

– Estava esperando pelo instante certo para te dar – anunciou Talos com certa emoção. – Não é todo dia que uma jovem comparece ao seu primeiro baile. Nessa ocasião, deve estar adornada de acordo.

Iolanthe colocou os brincos e se virou de costas para o pai.

– Pode colocar o colar?

Talos obedeceu, e repousou as mãos nos ombros da filha com suavidade.

– Lukas a acompanhará esta noite e irá protegê-la. Trate de ser gentil.

Lukas era gerente da área de tecnologia da Petra Innovation, empresa de Talos, e Iolanthe o vira algumas vezes. A ideia de passar toda a noite ao lado dele era frustrante.

– Pensei que você fosse me acompanhar, pai.

– Lukas é o acompanhante certo para você. Permito que vá ao seu primeiro baile porque já tem idade, e é hora de pensar em casar. Lukas é uma boa escolha.

Lukas? Ela não podia pensar em uma escolha pior. Contudo, reconheceu a linha dura na boca do pai e a frieza no olhar. Não iria discutir com ele neste momento. Em silêncio consentiu com um gesto de cabeça mesmo que no íntimo se rebelasse. Seria seu primeiro baile, quem sabe o único, e não tinha intenção de passar toda a noite, muito menos o resto de sua vida, com o sem graça do Lukas Callos.

Alekos Demetriou entrou no salão de baile onde as luzes dos vários lustres de cristal se refletiam nas mulheres cobertas por diamantes e nos homens de smoking. A nata da sociedade de Atenas se reunira nesta noite para o baile, e desta vez Alekos fora incluído. Um ano atrás seu nome não estaria na lista exclusiva de convidados; mas agora, após anos de reveses sobre os quais não queria pensar, estava por fim abrindo caminho e sedimentando seus negócios e seu nome. Tinha todo o direito de estar ali, acotovelando-se com os ricos e nobres.

Servindo-se de champanhe de uma das bandejas que circulavam, Alekos estreitou os olhos enquanto olhava em volta do salão procurando, como sempre, pelo rosto jovial de seu inimigo. Talos Petrakis, o homem que lhe tirara tudo com um sorriso nos lábios e que mostrava para o mundo a imagem falsa do empreendedor benevolente, do empresário genial.

Só por pensar em Petrakis sentia um gosto amargo na boca que corroía sua alma também. Nos primeiros anos após a traição de Petrakis, ele lutara contra aquela poderosa emoção, contra a *dor* pelo que acontecera. Então percebera que poderia canalizar essa emoção e usá-la em benefício próprio.

Nos últimos quatro anos, ele transformara aqueles sentimentos tóxicos em uma fornalha de determinação, em um incentivo de aço, incansável, pelo sucesso. E dera certo.

Finalmente, estava chegando ao ponto em que realmente podia pensar em como se vingar do homem que lhe roubara. E se ver cara a cara com Petrakis após quatro anos era o primeiro passo. Infelizmente, não o via em parte alguma do salão.

Com o canto do olho notou um brilho branco e cristalino que chamou sua atenção; Alekos se virou para ver uma jovem do outro lado do salão. Seu corpo delgado estava coberto por um vestido branco com vidrilhos prateados e seu rosto estava semioculto por uma máscara cor de marfim parecida com as que usavam as demais mulheres presentes e alguns cavalheiros. Era um baile de máscaras com brilho, plumas e seda.

A moça se moveu e Alekos admirou o modo como a luz se refletia no cabelo tão negro que chegava a ser azulado. Parecia pura e adorável em comparação com as outras convidadas mais sofisticadas que circulavam pelo salão, simulando poses de tédio. Ao contrário, esta garota brilhava como uma pérola recém-descoberta em meio a centenas de pedras manchadas. Seus olhos eram imensos enquanto olhava em volta, captando tudo como se tivesse entrado na caverna mágica de Aladim.

Alekos não se lembrava de já ter se sentindo assim, como se a vida fosse cheia de possibilidades e de *maravilhas*. Talvez tivesse provado essa sensação quando criancinha, antes que a vida se demonstrasse tão dura e triste. Antes que as pessoas se mostrassem tão indiferentes e cruéis.

Apesar do evidente interesse no que se passava a sua volta, a jovem se encostara à parede, tímida demais ou talvez simplesmente feliz em ser uma mera espectadora do evento. Interessado, Alekos caminhou em sua direção. Não sabia quem ela era, mas pretendia descobrir.

Avançou, determinado a conhecer a mulher que o cativara a distância.

* * *

IOLANTHE PERMANECIA ao fundo do salão com a máscara colada ao rosto. Dera um jeito de se afastar de Lukas quando ele entabulara uma conversa com um empresário, e não desejava que ele a encontrasse logo. Já tivera de suportar várias danças com ele; suas mãos eram pegajosas, seus passos mecânicos, e sua conversa só girava em torno de softwares. Mas pelo menos a música fora adorável, e Iolanthe apreciara o modo como sua saia dançava também enquanto se moviam pelo salão.

Talvez dançasse de novo esta noite, quem sabe com outro rapaz que de fato prestasse atenção nela e conversasse.

Uma visão surgiu em sua mente: um belo homem que avançava decidido em sua direção, os olhos brilhantes, cheios de promessas sensuais enquanto já estendia a mão...

Um calor percorreu o corpo de Iolanthe diante desses pensamentos, o que a fez rir de leve, divertida e constrangida pelas próprias fantasias juvenis. Era provável que ficasse ali no canto por quase todo o tempo, evitando Lukas e permanecendo nas sombras, admirando as mulheres mais velhas e sofisticadas que atiravam os cabelos maravilhosos para um lado e soltavam risadas melodiosas. Bem, podia se divertir assim. Só olhar as outras com seus vestidos deslumbrantes era um prazer, especialmente após uma vida inteira de isolamento.

– Boa noite.

Iolanthe enrijeceu quando alguém surgiu de repente à sua frente com uma voz baixa, autoritária e estranhamente sensual. Levou um instante para perceber que ele falava com ela, e mais um outro para responder:

– Boa... noite!

Instintivamente pressionou a máscara contra o rosto. Pelas aberturas para os olhos admirou o homem que a abordara. Era alto e moreno como em suas fantasias ingênuas.

Tinha mais de um metro e oitenta de altura, e o corte do smoking enfatizava os ombros largos. Olhos da cor de topázio a examinavam atentamente, enquanto seus lábios se curvavam em um sorriso de apreciação.

Iolanthe se sentiu caindo na toca do coelho e penetrando em uma realidade alternativa como Alice no País das Maravilhas. Já imaginara essa cena, no entanto, nunca pensara que iria de fato se transformar em *realidade*, e certamente não com um homem como esse. Ainda não chegara à conclusão se era mais parecido com o herói ou com o vilão dos romances que Amara, sua governanta, de vez em quando lhe emprestava. Talvez fosse os dois.

– Notei você do outro lado do salão – confessou ele – e decidi que precisava conhecê-la.

– Verdade? – Iolanthe se censurou por demonstrar tanta surpresa, mas ele apenas sorriu, o que o tornou um pouco menos atemorizador.

– Verdade – garantiu ele. – Você parecia estar se divertindo apenas por ficar aqui no canto olhando os outros.

– É meu primeiro baile – admitiu Iolanthe, e outra vez ralhou consigo mesma por parecer tão desajeitada. Esse homem tão bonito logo se arrependeria por ter cruzado o salão para conhecê-la. Na verdade, ela não sabia o que dizer e não tinha a menor experiência com flertes. E estava boquiaberta. Quem não ficaria por receber a atenção de alguém tão carismático e atraente?

– Pode me dizer seu nome?

– Oh, sim, é claro. – Iolanthe corou e gaguejou, – Iolanthe. E você é...?

– Alekos Demetriou. – Seu sorriso se acentuou e a fitou de um modo que até Iolanthe entendeu como um gesto sensual. Imaginou se ele estava gostando do que via e percebeu que ansiava por sua aprovação. – Quer dançar?

Ela apenas o fitou por alguns instantes. Ele a convidara. Esta noite *era* mágica. Rezara pela magia em seu quarto, e agora estava acontecendo de verdade. O mundo inteiro parecia reluzir, mil possibilidades pairando no ar. Ali estava sua aventura, sua emoção. Seu romance.

Por um segundo, Iolanthe pensou no pai, nas ordens severas que lhe dera para se comportar direito e ficar ao lado de Lukas. Todavia, que mal havia em uma dança? Fora para isso que comparecera ao baile, não? Tinha o resto da vida para ser a filha respeitosa, a esposa obediente.

Essa noite queria *viver*. A faísca de rebeldia que a dominara horas antes se transformou em uma fornalha.

– Bem? – A voz de Alekos parecia zombeteira e ele arqueou as sobrancelhas, a mão ainda estendida.

– Sim – respondeu Iolanthe com firmeza. – Sim, adoraria dançar.

ALEKOS SENTIU um estremecimento quando a mão de Iolanthe tocou a sua, e um desejo súbito e surpreendente o dominou.

Arrependera-se de ter procurado a moça ingênua assim que se aproximara... Sem dúvida, era muito jovem e inocente, e linda também... Mesmo com o rosto meio encoberto, podia ver sua ossatura delicada e pele de pêssego, as curvas graciosas das faces e do pescoço. Por trás da máscara cheia de brilhos, olhos expressivos o fitavam com desconcertante honestidade. Parecia que Iolanthe ainda não aprendera a ser dissimulada. E, apesar de muito jovem, seu corpo era cheio de curvas, sendo que o vestido branco valorizava cada uma delas.

Seus olhos eram de um cinzento escuro, e ela os arregalou quando Alekos a puxou para si. Ele sabia que Iolanthe também se sentia atraída.

Aos 26 anos, como CEO da empresa que fundara, a Demetriou Tech, não tinha muito tempo para a vida social, então satisfazia suas necessidades sexuais como podia... com uma série de encontros de uma só noite ou breves casos com mulheres experientes, muitas delas entediadas como ele, e nenhuma esperando nada além do prazer físico. Sem dúvida, Iolanthe não se encaixava nessa categoria.

Uma dança, prometeu Alekos a si mesmo, uma breve dança e então sorriria e se afastaria da garota pela qual não devia se interessar.

A banda iniciou uma melodia, e ele guiou Iolanthe para a pista. Ela caminhou com graça, a cabeça erguida, os olhos reluzindo como estrelas. E se amoldou com naturalidade, quadris e seios roçando o corpo dele enquanto se moviam.

Alekos começou a suar, o desejo percorreu suas veias como uma onda que o chocou; jamais reagira tão rápida e intensamente a uma mulher. *Por que esta garota? Por que neste momento?*

Sim, ela era linda, charmosa, embora fosse bastante jovem e tímida. Ele gostou da espontaneidade em seu rosto enquanto olhava em volta do salão com um sorrisinho na boca polpuda e cor-de-rosa. Mas se sentir assim... fantasiar que arrancava os grampos de seu cabelo para deixar as madeixas negras caírem sobre os ombros enquanto pressionava seus lábios contra os dela...

Alekos praguejou em silêncio. A última coisa de que precisava era fantasiar essas coisas perigosas. Então tentou sorrir com educação.

– Iolanthe, você é de Atenas?

– Meu pai tem uma casa aqui, mas passei a maior parte de minha vida no campo. – Ergueu a cabeça. Ainda mantinha a máscara como se fosse uma tábua de salvação; a outra mão pousava suavemente no ombro largo. Alekos sentia a cintura fina sob a palma de sua mão e o calor de seu corpo através do vestido, o que o fazia tremer um pouco.

– O campo? – Estava disposto a manter a conversa educada e inocente para se acalmar.

– Propriedade de meu pai – esclareceu ela torcendo o narizinho.

– Ah.

Ela era sem dúvida uma jovem herdeira rica, mantida atrás de muros altos para um dia sair e casar com o homem certo.

Iolanthe deixou escapar uma risada que surpreendeu por ser baixa, rouca, e cheia de humor.

– Sim, é tão chato como parece. Fui despachada para o campo por assim dizer embrulhada em camadas de algodão por proteção. E agora você vai julgar que minha conversa é chata também.

– De jeito algum – retrucou Alekos com suavidade. – Acho você um sopro de brisa fresca.

– O que parece um anúncio de água mineral – brincou ela.

– Ou do melhor champanhe. – Por que estava flertando com a garota? Mas não conseguia resistir. – Vai voltar para o campo após o a baile?

– É quase certo, porém, gostaria de ficar em Atenas. Gostaria de *fazer* alguma coisa. – Suspirou. – Sinto-me como se tivesse passado a vida inteira esperando. Já se sentiu assim?

Alekos notou a sinceridade em seu olhar, a vulnerabilidade que sempre lutara para esconder dentro de si.

– Às vezes – concordou. Os quatro últimos anos haviam sido de vagarosa espera. A vingança era um jogo que levava muito tempo. Entretanto, não pretendia contar essas coisas para Iolanthe. – O que espera? – Sem dúvida, um casamento com o homem certo.

– Espero emoção – respondeu Iolanthe sem hesitar, e Alekos notou uma grande ansiedade em sua voz. – Aventura... Não precisa ser algo espetacular. Não pretendo escalar montanhas ou... garimpar ouro. – Riu novamente com sua voz rouca. – Agora devo estar parecendo uma tola.

– Não – garantiu Alekos. Parecia jovem, esperançosa e muito sincera. Uma combinação surpreendentemente boa. – Mas que tipo de aventura tem em mente?

– Algo... que faça a vida valer a pena. Até importante. – A voz dela soou determinada, e instintivamente apertou o ombro dele. Alekos sentiu uma vontade de proteger Iolanthe e não conseguiu entender a razão. Sim, ela era jovem, impressionável e ingênua, mas não deixava também de ser uma estranha. Por que se importava? Por que se alarmava ao pensar que seus frágeis sonhos poderiam ser espatifados pela realidade crua da vida? Assim como os seus tinham sido, fazendo com que custasse para se recuperar do golpe.

– Importante? – repetiu. Dançar com aquela menina frágil, ouvi-la falar de seus sonhos estava sendo uma experiência emocional e física que não esperara. Desejava-a de uma maneira absurda, queria vê-la rir mais uma vez, e beijar sua boca suave.

– Creio que todo mundo quer se sentir importante – respondeu Iolanthe dando de ombros. – Pessoalmente não ligo para isso... contudo, gostaria de fazer algo que causasse uma diferença para alguém, ainda que fosse pequena. Quero viver, não apenas assistir os outros vivendo como se olhasse para fora da janela com o nariz grudado no vidro. – Riu, e dessa vez o som era de resignação. – O que interessa, na verdade? Provavelmente acabarei me casando e tendo uma vida rotineira.

Essa verdade simples que ele já cogitara o aborreceu.

– Por que diz isso?

Ela inclinou a cabeça para olhá-lo.

– Tenho 20 anos e meu pai quer me escolher um marido. – Ela praticamente cuspiu essas palavras, enquanto apertava o ombro de Alekos.

– E seu pai tem alguém especial em mente? – indagou Alekos detestando a ideia.

– Talvez. – Ela afastou o rosto. – Mas eu quero dar minha opinião também.

– É claro que sim.

– Não sei se meu pai concordará – suspirou. – Mas não vamos falar sobre isso. Não nesta noite quando pode ser minha única possibilidade de diversão ao lado do homem mais lindo aqui presente. – Ela falou com sincera espontaneidade. Isso o fez sorrir também. – Devo parecer ridícula – afirmou ela rindo de novo enquanto rodopiavam pelo salão. – Tagarelando sobre atos importantes e mudar as coisas.

– Não parece ridícula. – Ele também fora assim certa vez, confiante. E então tudo desmoronara, e agora só desejava vingança. – Acho que todo mundo quer fazer uma diferença na vida.

– E você? – Ela o olhou com curiosidade. – Como gostaria de fazer essa diferença?

Alekos hesitou, refletindo sobre o quanto revelar.

– Quero que a justiça seja feita – proferiu por fim com sinceridade. Queria que Talos Petrakis pagasse pelos seus crimes.

Iolanthe sorriu debilmente.

– Parece um objetivo nobre, muito mais do que chegarei a alcançar, tenho certeza.

– Quem sabe o que poderá fazer? – replicou Alekos. –É jovem com toda a vida à sua frente. Não precisa se casar se não quiser.

Ela apertou os lábios, considerando essa declaração com uma seriedade exagerada, e Alekos refletiu. Quem era ele para encorajar esta debutante ingênua a se rebelar?

– O que eu faria se não me casasse?

– Poderia trabalhar. Cursar uma universidade. De quais matérias gostava na escola?

– Tive tutores em casa, mas sempre gostei de arte. – Ela riu. – Não que seja tão talentosa para me tornar uma artista.

– Nunca se sabe.

– Você é muito otimista.

Ele deixou escapar uma risada dura. Otimista era um adjetivo que não combinava com Alekos Demetriou.

– Não gosto de ver uma garota feito você fechando todas as possibilidades.

– Tenho certeza de que pareço muito jovem e ingênua em comparação com a maioria das mulheres aqui. – Ela acenou na direção da multidão sofisticada.

– A maioria das mulheres aqui é entediada, cansada e cínica – argumentou Alekos. – Você é um sopro de brisa fresca.

Embora quisesse apenas fazer um elogio, percebeu que dissera a verdade. A incapacidade de Iolanthe em fingir e sua inocência o intrigavam e encantavam. Ele era um desiludido. Como seria se sentir como Iolanthe cheia de encantamento pelo mundo? Ele já não se lembrava dessa emoção.

Percebeu que não queria que Iolanthe perdesse seu otimismo fosse lá o que o futuro lhe reservasse... Não queria que o fogo vivaz em seu olhar desaparecesse por causa de um casamento sem graça.

A música acabou, mas Alekos não se afastou de Iolanthe como planejara antes, e viu-se perguntando:

– Quer tomar ar no terraço?

– Um verdadeiro sopro de brisa fresca? – provocou Iolanthe com os olhos reluzindo. Examinou o salão antes de fitá-lo outra vez, erguendo os ombros de modo decidido.

– Sim, gostaria muito.

MÁGICA. TUDO neste encontro com Alekos Demetriou era mágico, irreal, como se Iolanthe fosse acordar a qualquer instante e se ver de volta ao seu quarto com a noite ainda no início.

Alekos a fitava com aberta admiração, no entanto, também a ouvia com sincero interesse... e parecia compreender. Ele a fazia sentir que devia haver mais coisas na vida além do que seu pai exigia... um casamento com quem ele escolhesse. Provavelmente Lukas Callos.

Todavia, não pensaria nisso agora. Alekos a tomou pela mão e a conduziu até as portas-janelas.

O toque a fazia estremecer. Seria normal? Certamente ela nunca reagira assim diante de Lukas, e mal conhecia Alekos. Na verdade, era um completo estranho. Porém, os olhos dele a faziam derreter, e seu toque acelerava seu coração. Como era possível?

Alekos afastou a cortina transparente e Iolanthe saiu para o terraço. Repousou uma das mãos na balaustrada de pedra, respirando o ar morno e percebendo os sons em volta... uma buzina distante, a música vinda do salão, a risada de uma mulher.

Ombro a ombro, fitaram a noite. A Acrópole iluminada sob um céu escuro era o pano de fundo maravilhoso para as ruas estreitas e os edifícios com terraços no antigo bairro de Plaka.

– Nada sei a seu respeito – mencionou ela com um risinho – exceto que quer fazer justiça no mundo.

Alekos a fitou de rabo de olho.

– O que gostaria de saber?

Tudo. Nada. Só haviam compartilhado uma dança, e mesmo assim esse homem a encantava.

– O que faz? Como trabalho, quero dizer.

– Dirijo meu próprio negócio, a empresa Demetriou Tech.

– Oh. Parece... – Iolanthe procurou a palavra certa, mas só conseguiu dizer... – interessante.

– É mesmo.

Percebeu uma leve zombaria em sua voz, e refletiu que ele deveria estar achando graça nela. Não podia culpá-lo.

– Não sei muito sobre Tecnologia da Informação. – Embora a empresa de seu pai fosse da área. Talos não acreditava que as mulheres pudessem fazer parte do mundo dos negócios; sempre advertira à filha que desejava afastá-la dessas preocupações.

– Fico pensando o que fará da sua vida – murmurou Alekos –, já que é tão jovem ainda.

Por um momento, Iolanthe imaginou outras possibilidades além do casamento: universidade, trabalho, viagens.

– Gostaria de conhecer outros lugares – assegurou com coragem. – Ir a Paris, talvez Nova York. – Imaginou-se às margens do Sena ou em Greenwich Village, fazendo esboços de desenhos a carvão. Podia até se imaginar em Marte. – Quero participar da vida.

– Está participando da vida neste instante? – questionou Alekos com suavidade, passando os dedos pelo rosto dela de modo íntimo, e fazendo-a prender a respiração.

– Sim... – sussurrou Iolanthe; queria que ele a tocasse novamente, queria demais. – Creio que esta é a coisa mais excitante que já me aconteceu.

Alekos a fitou com olhos que pareciam brasas; Iolanthe estremeceu ao vê-lo fixar sua boca.

– Então talvez precise de um pouco mais de excitação – murmurou ele, beijando-a.

CAPÍTULO 2

Ele estava louco para beijar esta menina inocente, e, assim que seus lábios encontraram os de Iolanthe, a doçura de sua reação foi sua ruína; ela ficou um pouco tensa, claramente chocada, e então entreabriu a boca feito uma flor.

Ele a ouviu gemer de surpresa quando tocou sua língua. Iolanthe apertou seu paletó e a máscara caiu.

Alekos mal percebeu que a fazia sentar na balaustrada, deslizando a mão pelo vestido de cetim e puxando-a pelos quadris. Tarde demais caiu em si, praticamente se atirando sobre ela. Afastou os lábios com um repelão e deu um passo atrás, praguejando,

– Iolanthe... – ela o fitava com a boca intumescida e os olhos embaçados. Sem a máscara toda a sua beleza surgia, a pele como marfim com as faces coradas, os olhos luminosos. – Desculpe. Não queria que isso acontecesse.

Iolanthe levou os dedos aos lábios.

– E o que *queria* que acontecesse? – inquiriu com uma risadinha suave, e o alívio o dominou ao perceber que não a assustara.

– Não estava raciocinando – admitiu enquanto segurava sua máscara. – Pretendia me afastar depois da nossa dança, mas... – Deteve-se relutando em admitir o quanto este tiquinho de mulher o afetava. O quanto a desejava.

– Fico feliz por isso – replicou ela com um sorriso tímido. – Foi meu primeiro beijo.

Ele já suspeitava disso, entretanto, mesmo assim, a confirmação o fez se sentir mais culpado. Estivera prestes a macular uma virgem inocente, e esse não era seu estilo. Esta história precisava acabar. Imediatamente.

Ele lhe entregou a máscara; Iolanthe não a recolocou no rosto. Fitava-o de maneira tão aberta e honesta que ele mal conseguia olhar na sua direção.

– Vou reconduzi-la ao salão...

– Não, por favor. – Pousou a mão em seu peito e isso bastou para excitá-lo mais uma vez. – Não quero.

– Outro a convidará para dançar...

– Não quero outro. Além disso, me sentirei constrangida perto daquelas mulheres sofisticadas.

– Jamais se sinta constrangida – retrucou Alekos. – É a mais bela ali dentro.

– Então fique aqui no terraço com a mais bela do baile – desafiou Iolanthe sempre com a mão em seu peito. – Por favor.

Iolanthe não sabia por que fizera uma proposta a um homem de modo tão atrevido. Talvez fosse o desespero... não suportava pensar que ele a levaria de volta ao salão e que Lukas voltaria a ser seu guardião. Ou talvez fosse o beijo de Alekos que lhe dera coragem... e que a mudara. Fora um momento mais de fogo do que de mágica que a fizera se sentir viva como nunca. Queria que ele a beijasse de novo, mas não era assim tão atrevida para pedir. Ainda.

– Iolanthe...?

Ficou tensa ao ouvir a voz nasalada de Lukas. *Não. Vá embora, Lukas.*

– Você está aí...? – Lukas cruzou as portas-janelas, parando ao vê-la com Alekos. Iolanthe quis retirar a mão, mas ele a segurou no lugar.

– Sim? – questionou Alekos com bom humor se voltando para Lukas.

O rapaz franziu a testa e acenou para Iolanthe.

– Seu pai quer que eu fique ao seu lado.

Claro que queria. Talos deixara evidente essa intenção, contudo, ela tinha direito a opinar também sobre a própria vida.

– Iolanthe...? – repetiu Lukas e ela sentiu que Alekos soltava sua mão.

– Deve ir – alegou ele com a voz sem emoção, e Iolanthe tentou não demonstrar sua mágoa. Ele já se cansara dela tão depressa?

– Iolanthe – repetiu Lukas com insistência, e de má vontade ela se afastou de Alekos. Por um segundo, pensou ver tristeza em seu olhar. Qualquer coisa para convencê-la a ficar e que se danassem as consequências.

Mas então a expressão de Alekos ficou dura outra vez e ele afastou os olhos enquanto Iolanthe ajeitava a máscara no rosto e Lukas a conduzia para dentro.

– Seu pai quer que fique comigo – declarou ele.

No entanto, ela não queria. Muito menos casar com ele. Mas talvez se suportasse algumas danças descobriria um jeito de escapar novamente. Encontraria Alekos e viveria aquela magia que nunca ousara explorar.

– Muito bem – pronunciou tentando não se afastar da mão pegajosa de Lukas. As mãos de Alekos eram quentes e seguras, e ele a conduzira pelo salão como um ótimo dançarino. Os passos cuidadosos e mecânicos de Lukas lhe davam ganas de pisar no seu pé ou, melhor, sair correndo da pista.

Iolanthe não fez nada disso, suportando não uma, mas três danças com Lukas, que dava seus passos desajeitados, mal conversando enquanto ela procurava com os olhos a figura dominante no salão.

Horas mais tarde os pés dela doíam e seu sorriso parecia colado no rosto. Dançara e depois ficara ao lado de Lukas enquanto ele discorria sobre negócios com vários convidados, sempre a vigiando, e obviamente evitando que desaparecesse no salão. Iolanthe não voltara a ver Alekos. Sem dúvida, fartara-se dela. Ingenuidade e inocência não deviam ser muito atraentes para ele.

O baile estava terminando, e os convidados deixavam o hotel em direção às suas limusines ou carros de luxo.

– Onde está meu pai? – interrogou para Lukas.

– Logo virá. Pediu que esperássemos.

Iolanthe suspirou desejando apenas voltar para casa e dormir. A animação do primeiro baile desaparecera agora que ficara claro que não reveria Alekos. Ela era Cinderela sem o sapatinho de cristal, e em breve estaria em farrapos dentro de uma abóbora. *E com Lukas para marido*. Estremeceu.

Lukas atendeu o celular e franziu a testa.

– Seu pai me espera para uma reunião.

– Às duas horas da madrugada? – Iolanthe sabia que não deveria se surpreender. O pai trabalhava até tarde. Com frequência ficava meses em Atenas, retornando para a propriedade no campo apenas para uma breve visita.

– Volto logo – avisou Lukas. – Espere dentro do hotel.

Aborrecida, Iolanthe retornou ao saguão luxuoso com os pés doloridos por causa dos sapatos novos e ansiando por

Alekos. Sentia-se terrivelmente só. E com nenhuma perspectiva.

Estava para se sentar em uma das poltronas elegantes no saguão de mármore quando enrijeceu, alerta, ao ver Alekos deixar o bar do hotel.

Instintivamente começou a caminhar para ele, uma mão estendida, ansiosa para *tocá-lo*...

Não se importava se estava parecendo atrevida e desesperada. Agora sabia que esperara toda a sua vida por isso. Por um futuro que não fosse uma prisão e trouxesse animação e aventura. Esperara por Alekos.

ALEKOS PASSARA as últimas duas horas bebendo no bar do hotel. E apesar de não estar bêbedo, duvidou da visão adorável à sua frente. Por certo, andara pensando muito em Iolanthe, por mais que não quisesse.

Observara-a num canto do salão enquanto ela dançava com seu acompanhante sem graça, um sujeito desajeitado que nem sabia segurá-la direito.

Quando não suportara mais fora para o bar. Não aguentava ver Iolanthe com outro, mesmo alguém tão insignificante quanto seu parceiro de dança. Não conseguia parar de pensar que ela lhe *pertencia*, e que mais ninguém poderia tocá-la. Fora o primeiro homem a beijá-la e queria muito mais. De algum modo, a pequena Iolanthe se encravara em sua alma, o fazendo se lembrar do passado quando a vida lhe parecera cheia de esperança. Quando ainda pensava que coisas boas e pessoas decentes existiam.

E de repente ali estava ela mais uma vez, no saguão, radiante só por voltar a vê-lo.

– Alekos... – sorria ela estendendo a mão.

Aquela alegria toda não fazia sentido, refletiu ele. Era um estranho que apenas desejava seu corpo. Será que Iolanthe não percebia? Não entendia como ele era perigoso?

Alekos segurou sua mão para não permitir que o tocasse, e logo percebeu que cometera um erro; em vez de afastá-la, apenas a puxou para si sem poder resistir.

– Pensei que tinha partido – sussurrou ele.

– Ainda não. Estou tão feliz por revê-lo.

Ela não fazia ideia de como sua espontaneidade o *afetava*.

– Quando não o vi mais no salão pensei que tivesse se cansado de mim – anunciou ela mordendo o lábio. – Quer dizer, você não se cansou, não é...?

– Não. – Posto que seria melhor se tivesse se cansado.

Iolanthe era inexperiente, inocente, *chata*. Era preciso que assim fosse. Porque do contrário ele despedaçaria seu coração quando fosse embora sem olhar para trás. E era isso que iria acontecer. Alekos respirou fundo.

– Ia subir. Estou hospedado neste hotel. – Há quatro anos morava em Corinto, perto da sua fábrica e dos depósitos, garantindo a segurança total de todas as informações tecnológicas. Não deixaria que uma invenção sua fosse roubada pela segunda vez. Então fora conveniente se hospedar no hotel já que passaria a noite em Atenas.

– Está hospedado aqui? – Alekos percebeu a sugestão em seus olhos enormes como se ela tivesse dito as palavras. E percebeu, envergonhado, que mencionara a suíte porque desejava levá-la para lá. É claro que desejava.

– Pode subir para tomar um drinque – sugeriu ele com a voz tensa, muito consciente de que estava enveredando por um caminho proibido. Um drinque. Um ou dois beijos, e então a deixaria partir. Para sempre.

– Está bem – concordou ela timidamente, e Alekos refletiu se Iolanthe saberia onde estava se metendo... ou se ele sabia.

IOLANTHE MAL pensou em Lukas e no pai ao entrar no elevador com Alekos. Talvez estivesse agindo feito uma idiota ou apenas fosse atirada e oferecida, mas não se importava. Era sua única chance de felicidade. Ela e Alekos tinham uma ligação.

Se não fosse com ele agora a prisão se fecharia a sua volta.

Esta noite era mágica.

Saíram do elevador e Alekos a fez percorrer um longo corredor acarpetado até abrir uma porta ao final, exibindo uma suíte luxuosa com vista total para a Acrópole.

Iolanthe prendeu a respiração ao entrar na sala elegante, mal notando os sofás de couro e as mesinhas de ébano enquanto seu bom senso retornava.

O que fazia ali?

– Um drinque. – Alekos se dirigiu ao minibar no canto. Iolanthe deixou a bolsa e a máscara sobre um sofá, animada e constrangida ao mesmo tempo. Isso era perigoso, uma loucura... e também muito excitante. O bom senso lhe dizia para fugir, mas não conseguiu. Não suportava pensar no final desta noite e nas portas se fechando sobre seu futuro. Queria que Alekos a beijasse de novo.

Alekos pegou uma garrafa de champanhe e estendeu para ela, dizendo:

– Parece apropriado, não acha?

– Creio que sim. – Iolanthe provara champanhe poucas vezes na vida.

Alekos encheu duas taças.

– *Gia sou* – brindou.

– *Gia sou* – repetiu ela, tossindo e sentindo cócegas no nariz por causa das bolhas. Alekos arqueou as sobrancelhas e Iolanthe tentou rir. – Desculpe, sinto cócegas com champanhe.

– Inocente nisso e em tudo o mais.

Algo no tom de voz dele a vez ficar na defensiva.

– Não posso evitar ser inocente.

– Sei disso muito bem.

Ela notou que Alekos estreitara os olhos e apertara os lábios. Será que não a desejava ali? Arrependera-se? Não suportou a ideia.

– O que foi? Por que me olha assim?

– Porque você não deveria estar aqui – respondeu Alekos de modo brusco e frio, confirmando seus medos. – Não deveria tê-la convidado. Não sabe em que está se metendo, Iolanthe.

Surpresa, ela percebeu que o tremor que percorria seu corpo era de excitação e não de medo.

– E se eu souber? – desafiou.

Alekos se aproximou.

– Sabe?

Ela não conseguia definir se era uma ameaça ou um convite. Talvez ambos.

E a verdade era que ignorava no que estava se metendo. Sabia o que acontecia entre um homem e uma mulher e o básico sobre sexo, mas este... *desejo* era novo para ela. E intoxicante. Não queria ir embora quando Alekos oferecia a visão de um novo mundo sobre o qual apenas sonhara e lera nos livros. E reconhecia nos olhos de Alekos as intenções de muito mais.

E daí? O resto de sua vida prometia deixá-la acorrentada ao dever. Por que não se permitir uma só noite de prazer...

que talvez se transformasse em algo mais? Quem sabe, refletiu esperançosa, Alekos pudesse ser um marido adequado para ela. Por que não?

Por que esse não podia ser o início de tudo?

Encarou seu olhar quente com determinação, e estremeceu quando ele acariciou sua face.

– Beije-me – pediu.

Alekos hesitou e Iolanthe viu o conflito em seu rosto.

– Não importa se sou inocente – incentivou ela. – Não quero mais ser assim nem ingênua. Quero sentir, provar e *saber*. Quero ser desejada.

– Você é – garantiu Alekos, e então a apertou contra si, os corpos unidos em doce harmonia, enquanto voltava a beijá-la.

Tudo em Iolanthe pareceu se animar quando a língua de Alekos a acariciou e suas mãos percorreram seu corpo, deixando-a em chamas. Ele cobriu seus seios, e ela refletiu que nunca soubera que alguém pudesse se sentir assim. *Desejar* assim...

Agarrou-o pelos ombros e ousou deslizar as mãos pela camisa, acariciando os músculos bem definidos sob o tecido de algodão. Alekos deixou escapar um gemido e afastou a boca.

– Iolanthe, é melhor ir agora – alertou com a voz tensa.

Ir agora quando seus sentidos estavam tão aguçados e seu corpo clamava por carícias? Quando ela pressentia que por fim tudo estava *começando*? Partir era a última coisa que queria. Sabia que estava enveredando por um caminho sem volta, mas *não* desejava voltar. Queria ir em frente... com Alekos.

– Deixe-me ficar – murmurou, sentindo o coração dele. – Por favor.

– Percebe o que está pedindo? – perguntou ele em voz baixa.

Ela sorriu apesar de nervosa.

– Não sou tão inocente assim. – *Não totalmente.* Se Alekos roubasse sua virgindade estaria arruinada para outro homem. Pelo menos era essa sua visão, todavia, seu coração lhe dizia que estava fazendo a coisa certa. Era sua chance e *precisava* aproveitá-la.

– Não podemos... – começou Alekos, mas Iolanthe resolveu convencê-lo.

– Podemos. – Na ponta dos pés roçou a boca sobre a dele, e Alekos estremeceu... e beijou-a de volta com as mãos em seus quadris apertados de encontro à ereção.

Iolanthe meneou as ancas, mergulhando no mundo de sensações e desejos, e abafando a voz que lhe dizia para parar, ter juízo, perceber que aquilo era um erro. Entretanto, ela e Alekos tinham uma conexão preciosa e rara. Não importava que só se conhecessem há poucas horas. Ela sentia isso, e tinha certeza de que ele também.

– Já que você quer – resmungou ele, enquanto ela o abraçava.

ALEKOS NÃO sentia nada além da pressão do corpo macio de Iolanthe contra o seu. Jamais desejara tanto uma mulher, refletiu enquanto baixava o zíper nas costas do vestido.

O cetim cintilante, branco como de um vestido de noiva, revelou a pele clara e perfeita.

– Você é linda – sussurrou.

Iolanthe corou, mas não tentou se esconder. Os seios pequenos estavam envoltos em renda, e a tanguinha de seda deixava ver os tufos escuros.

Iolanthe retirou o vestido que caiu como uma nuvem aos seus pés. Tentou desabotoar a camisa dele, mas Alekos fez isso sozinho, atirando a peça de roupa para um lado.

Iolanthe acariciou o tórax despido.

– *Você* é que é lindo – afirmou com um sorriso nos lábios.

– Ninguém nunca me chamou de lindo.

– Deveriam. – Ela deteve as mãos sobre o cós da calça. – Porque você é.

– Venha para a cama. – Mesmo sob o calor do desejo ele notou a hesitação dela, mas Iolanthe logo ergueu o queixo.

Alekos sabia que deveria detê-la antes que se magoasse. Porém, ela levantou os olhos em um convite *esperançoso* e, com um gemido, ele a tomou pela mão até o quarto.

Os lençóis de seda eram escorregadios sob o corpo nu de Iolanthe. Alekos se deitou, tomando-a nos braços. Não sabia como tirara toda a roupa também. Iolanthe sentiu a dureza do tórax e das pernas dele, assim como da ereção. Seu cérebro estava anestesiado, e só conseguia sentir.

Arqueou as costas, contendo a respiração quando ele a tocou nas suas partes mais íntimas. Jamais alguém a tocara assim, acariciando e lhe dando prazer.

– Gosta? – indagou ele murmurando.

– *Sim.* – Ela enterrou a cabeça em seu pescoço, envergonhada. Ele continuou a acariciá-la com experiência, e logo ela agiu instintivamente, separando as pernas e erguendo os quadris diante do prazer que sentia.

Seu corpo estremeceu com o clímax, e Alekos logo se posicionou por cima de Iolanthe, a ereção roçando suas coxas, o rosto tenso.

– *Sim.* – Iolanthe arqueou as costas outra vez aceitando seu corpo. Contudo, a súbita invasão a fez soltar um gemido e enrijecer diante da sensação desconhecida.

Ele ficou imóvel enquanto aguardava que Iolanthe se ajustasse à posição.

– Está...?

– Estou bem. É gostoso. – E era mesmo, até maravilhoso, porém estranho. Instintivamente ela entendeu que cruzara uma fronteira e não poderia voltar. Já não era virgem.

Então Alekos começou a se mover dentro de seu corpo e os pensamentos abandonaram seu cérebro no ritmo do prazer que ia crescendo, até que ela gritou e se agarrou aos ombros dele.

Alekos deixou escapar um gemido gutural e estremeceu dentro dela, pousando a cabeça na curva do pescoço delicado enquanto Iolanthe se entregava ao prazer.

ALEKOS ROLOU o corpo para um lado cobrindo o rosto com o braço enquanto as últimas ondas de prazer o percorriam.

O que fizera?

Onde estivera com a cabeça quando deflorara Iolanthe? Nem mesmo usara um preservativo. Só podia ter sido uma espécie de loucura a febre que o dominara durante toda aquela noite. E agora que satisfizera o desejo, seu cérebro antecipava as consequências desastrosas de seus atos, e o remorso e a culpa substituíam a luxúria.

Roubara algo dela que não deveria ter roubado por mais que os dois estivessem de acordo. Ele era o responsável e o culpado.

Fitou Iolanthe. Estava deitada de costas com o rosto corado, uma mecha de cabelo negro cobrindo uma das faces. Fechara os olhos, mas os abriu quando sentiu seu olhar.

– Desculpe – sussurrou Alekos.

Ela recuou.

– Por quê?

Alekos suspirou.

– Não deveria ter feito isso. A culpa foi toda minha.

Os olhos dela reluziram.

– E eu? Minha vontade não conta?

Alekos sorriu com cansaço, gostando de vê-la de bom humor apesar de tudo.

– Talvez, mas você é jovem...

– Pare de me dizer que sou *jovem*. – Ela se sentou, apertando o lençol sobre os seios. O cabelo escuro caía sobre seus ombros, e, apesar do brilho no olhar, tremia. – Tenho 20 anos. – Eram seis anos a menos que ele. Alekos sentiu uma onda de pena misturada a uma vergonha irritante.

– Não me arrependo de nada – desafiou Iolanthe. – Talvez tenhamos nos apressado, mas isso não muda o que sinto.

Alekos sentiu uma garra de gelo percorrer sua espinha dorsal, e estreitou os olhos.

– O que *sente*? – repetiu.

– Sim... nós... temos uma ligação, Alekos. – Acenou para a cama ainda quente. – É evidente.

– Uma ligação sexual – definiu ele.

Iolanthe franziu a testa.

– Sim, mas... vai além disso, não é?

Alekos sentiu que a inocência e honestidade que horas antes o haviam atraído agora só lhe davam pena.

Ele *esperara* por isso, mas deixara que a libido falasse mais alto. Iolanthe confundira sexo com amor. Mas como poderia agir de outro modo se era tão inexperiente?

A única coisa bondosa que ele poderia fazer seria ser franco e direto. Impiedoso. Matar até a mais tênue semente de esperança. A esperança era a pior coisa quando não era justificada. E ali não havia esperança para Iolanthe.

Alekos se levantou e procurou a calça. De costas para ela proferiu com a voz neutra:

– Não passou de sexo, Iolanthe, nós nos desejávamos fisicamente. Fizemos sexo. É isso. – Cada palavra parecia uma granada explodindo no quarto.

Ouviu Iolanthe fungar e fechou os olhos, sufocando o terrível remorso. Outra fungada.

Pegando a camisa, virou-se para encará-la. Nos poucos segundos que levara para se vestir, ela já se recompusera, e agora erguia o queixo sem nada revelar no olhar. Ainda apertava o lençol contra o peito.

– Compreendo – disse com dignidade. – Então é assim? Tira minha virgindade e me dá um pontapé?

– Você se ofereceu – retrucou Alekos antes que pudesse se conter.

– E costuma pegar o que é oferecido, certo? – Seu lindo rosto se contorceu de desdém. – Sou mesmo muito estúpida, não sou? Pensei... – balançou a cabeça com raiva de si mesma.

– Desculpe – murmurou Alekos arrependido.

– Eu sabia o que estava fazendo. – Iolanthe riu de modo duro. – Pensei que seria um marido em potencial, um candidato que meu pai aprovaria, mas essa ideia provavelmente o choca, não?

Ele não suportava o modo como Iolanthe ria de si mesma.

– Não me choca.

– Não? No entanto, você me quer fora daqui o mais depressa possível. Mesmo inexperiente percebo isso.

De repente, ele não soube o que queria. Só tinha certeza de que não desejava magoar esta adorável garota.

– Não se preocupe – avisou ela. – Vou me vestir e irei embora.

– Lamento se a fiz ter a impressão errada – sussurrou ele tristemente. – É muito linda, Iolanthe, e charmosa. Fiquei encantado por você, e tenho certeza de que logo enfeitiçará alguém...

– Por favor, não me venha com esse discurso adocicado – cortou Iolanthe com frieza. – Não quero *enfeitiçar* ninguém. Não sou bruxa.

– Desculpe. Escolhi mal as palavras.

– Parece cheio de desculpas esta noite. – Iolanthe se levantou da cama com o lençol enrolado no corpo e as faces vermelhas.

– Sim. Não deveria tê-la convidado para subir, e certamente não deveria tê-la levado para a cama. – Alekos respirou fundo. – Nem mesmo usamos um preservativo.

Iolanthe arregalou os olhos de pânico por um segundo, mas logo se acalmou, dizendo:

– Até eu sei que é improvável engravidar após uma só vez.

– Mas é possível.

Ela inclinou a cabeça para um lado e estreitou os olhos.

– Então o que aconteceria se eu engravidasse?

Alekos hesitou.

– Levo minhas responsabilidades a sério.

– E o que isso quer dizer?

Ele apertou os lábios.

– Enfrentaremos a situação caso a gravidez ocorra.

– Que alívio – murmurou ela com ironia, e saiu do quarto quase tropeçando na ponta do lençol.

Alekos a observou, frustrado e com remorso. Ainda não acreditava que perdera o controle daquele modo. O que havia nela que o atraía tanto? Talvez tivesse sido simplesmente a ocasião; não levava uma mulher para a cama há vários meses, devido ao trabalho intenso. Não podia imaginar outra explicação.

Dirigiu-se para a sala da suíte. Iolanthe estava de costas lutando para enganchar o sutiã.

– Deixe-me ajudá-la...

– Não. – Ela respirou fundo. – O melhor que pode fazer é esperar no quarto enquanto saio daqui. – Outro suspiro. – Por favor. Enfiou o vestido e lutou também para erguer o zíper até a metade.

– Não quero deixá-la assim.

– Mas quer que eu vá.

Por um segundo, Alekos considerou a alternativa. Deixar que ela ficasse. Conhecê-la melhor. Até casar-se com ela. Então pensou em todos os riscos emocionais e seu coração expulsou essa possibilidade.

– Iolanthe, por favor. Pelo menos me deixe levá-la para sua casa.

– Meu pai está esperando lá em baixo. – Ela riu de modo trêmulo. – E, acredite, não quero que saiba onde eu estive.

– Você... vai ter problemas? – quis saber Alekos. Afinal, estavam no século XXI. Por que uma garota de 20 anos não podia fazer sexo? Mas ela era... fora... uma virgem cujo pai pretendia lhe escolher um marido.

Alekos fechou os olhos com remorso. O que andara pensando?

– Por favor, Iolanthe, deixe-me ajudá-la.

– Como? – questionou ela, e antes que ele pudesse responder ouviram vozes no corredor e então, para seu espanto, a porta da suíte foi arrombada. Alekos ficou espantado ao ver o homem com quem Iolanthe dançara e, atrás dele, seu pior pesadelo. Talos Petrakis.

– Que diabos...? – Todavia, não teve chance de dizer mais nada, pois os guarda-costas de Petrakis entraram e o agarraram, torcendo seu braço de maneira dolorosa.

– Papai!

Horrorizado, Alekos viu Iolanthe avançar para Petrakis de braços abertos.

– Fique atrás de mim, Iolanthe – mandou Talos em voz baixa, porém, Alekos não quis ouvir o resto. *Papai*? Petrakis era o *pai* de Iolanthe?

– Deem um jeito nele – ordenou o velho. Os guarda-costas começaram a arrastar Alekos para a porta. Alekos lutou e recebeu uma cotovelada nos rins.

– Não sou nenhum universitário calhorda! – gritou enquanto continuava a resistir. – Não pode me tratar assim, Petrakis...

Talos mal o olhou.

– Iolanthe – colocou a mão no ombro da filha. – Venha.

A última coisa que Alekos viu foi o rosto pálido de Iolanthe enquanto o pai a conduzia para fora da suíte.

CAPÍTULO 3

– É HORA de discutir seu futuro.

Talos Petrakis fitou a filha do outro lado da escrivaninha, a expressão assustadoramente calma, enquanto Iolanthe corava e desviava o rosto.

– Não pode continuar assim, Iolanthe.

– Eu sei – sussurrou ela. Há um mês o pai a flagrara com Alekos Demetriou, e fora um mês horrível. Ficara virtualmente presa no seu quarto na casa em Atenas, e as poucas vezes em que vira Talos haviam sido frias e detestáveis, com ele demonstrando seu desprezo em cada linha de expressão. Mas ela podia culpá-lo?

Mesmo neste instante, quatro semanas depois, Iolanthe ainda não acreditava em como agira *estupidamente*. Parecia que Alekos lançara um feitiço sobre ela. Fazer sexo com um estranho e imaginar que isso conduziria a algo sério...!

Loucura. Imaginar que tal doidice teria futuro. Na sua ingenuidade, pensara que uma atração sexual indicasse também uma ligação emocional. A lembrança de como Alekos destruíra cruelmente seu sonho ainda a fazia se encolher. É claro que não passara de sexo. Ela o vira como sua oportunidade de escapar, mas ele não pensara assim. Não quisera.

– Iolanthe? – chamou Talos com frieza – espero que perceba a situação desesperadora em que se meteu.

Iolanthe arregalou os olhos.

– Desesperadora? – repetiu. Passara o último mês apenas com livros e seu bloco de desenho como companhia, enquanto o pai continuava com seus negócios e mal lhe dirigia a palavra. Seu afastamento físico e emocional a magoara muito, em especial logo após a rejeição de Alekos.

Nunca fora muito próxima do pai, entretanto, agora percebia como sempre buscara sua aprovação e amor, o que tornava sua atitude na noite do baile ainda mais repreensível e idiota.

– Você está estragada – sentenciou Talos. – Que homem irá querê-la agora?

Iolanthe estremeceu diante da declaração fria do pai. Eram palavras que pertenciam a um outro século, mas ela sabia que no mundo dele... e dela também... essas palavras faziam sentido.

– Um homem que me ame... – ousou ela murmurar.

– E quem vai amar uma moça que se entregou a um estranho de modo tão desavergonhado? – Talos balançou a cabeça com os olhos fuzilantes. – Sério, Iolanthe, ainda estou chocado. Jamais pensei que fizesse isso.

Ela apertou as mãos.

– Cometi um erro, papai, sei disso.

– Um erro com sérias consequências – completou Talos. Suspirou e voltou a se sentar na cadeira, massageando as têmporas. – Onde errei, Iolanthe, para você me tratar assim? – Fitou-a por um momento com expressão de pedra. – Precisa se casar – declarou. – Por sorte Lukas está disposto a aceitá-la.

– Mesmo agora? – inquiriu Iolanthe com azedume, e o pai se encheu de raiva.

– Tem sorte de alguém estar disposto a ignorar seu comportamento.

– Sim, é claro. – Agora ela tinha *sorte* de ser aceita por Lukas Callos. A conclusão era triste. Sentia-se como uma mula manca que tivesse de depender da caridade pública ou ser sacrificada.

– Sua outra opção – continuo Talos implacavelmente – é enclausurar-se na casa de campo, deixando essa nódoa no meu nome. Não é o que prefiro.

Iolanthe fechou os olhos. As portas da prisão iam se fechando sobre ela sem piedade.

– Concedo um dia para você pensar a respeito – mencionou o pai com ar de quem fazia um grande favor. – Mas só isso. Não quero que Lukas mude de ideia.

Contudo, Lukas provavelmente mudaria de ideia quando soubesse a grande vergonha, Iolanthe refletiu com o coração pesado. Há quatro semanas tivera sua noite com Alekos e ainda não menstruara. O estranho enjoo pelas manhãs, a sensibilidade nos seios, o extremo cansaço... tudo apontava para uma verdade que ela tentava ignorar com desespero. Estava grávida.

Lukas poderia estar disposto a desposá-la mesmo que fosse um objeto estragado, no entanto, será que aceitaria o filho de Alekos como seu? E será que Alekos não merecia saber sobre a criança?

– Vou pensar, papai – prometeu Iolanthe com frieza, ainda que a ideia de colocar sua vida nas mãos de Lukas Callos a fizesse enrijecer. Mas antes de pensar em Lukas precisava ver Alekos. Haviam se separado de maneira terrível, mas ele afirmara que gostaria de saber se houvesse consequências. E *talvez* se enternecesse se soubesse que ela carregava seu filho. Talvez se lembrasse do que haviam compartilhado.

Lá estava ela com suas fantasias românticas mais uma vez, pensou, mas que outra esperança tinha?

– Papai – proferiu com hesitação – que tal... Alekos Demetriou?

Talos uniu as sobrancelhas com desagrado.

– O que tem ele? – resmungou.

– Não seria... um marido adequado?

A expressão de Talos escureceu e a fúria surgiu em seus olhos, fazendo Iolanthe retroceder instintivamente. Nunca vira o pai tão zangado.

– Não faz ideia de quem é Demetriou! – gritou Talos.

Ela engoliu em seco e comprimiu a garganta com a mão.

– O que quer dizer?

– Acha que se importou com você, Iolanthe? Estava usando-a para chegar até seu pai. Sempre teve raiva de mim, desde que criei um sistema de software que ele gostaria de desenvolver por conta própria. O problema era que nunca foi rápido nem esperto o suficiente. Eu desenvolvi o projeto, e ele me odeia por isso até hoje. Você não passou de parte de seu esquema de vingança.

Iolanthe empalideceu. Alekos tinha uma história com seu pai? Uma história ruim?

– Não... – sussurrou. – Não pode ser...

– Garanto que é verdade – cortou Talos.

Iolanthe balançou a cabeça tentando negar a terrível realidade.

– Mas como ele soube que eu era sua filha?

Talos deu de ombros.

– Deve ter investigado.

– Mas... – lembrou como ele a segurara quando dançavam, o toque de seus dedos em seu rosto. Não *parecera* uma vingança. Pelo menos não até o instante em que a expulsara de sua cama e de sua vida sem pestanejar.

Tristemente Iolanthe refletiu como fora improvável que um homem como Alekos a tivesse procurado com tanta determinação. E a seduzido com tanto empenho. Deveria ter tido um motivo especial, e agora tudo levava a crer que fora vingança. Essa compreensão era muito amarga, transformando o que ocorrera entre os dois em algo sórdido.

– Não acredito – murmurou, embora acreditasse.

– Pode acreditar – retrucou Talos sem expressão. – E case-se com Lukas Callos.

ALEKOS LEU a notícia no jornal *Athinapoli* do dia anterior, e tratou de se convencer de que não sentia nada. Então Iolanthe ia se casar com Lukas Callos, seu acompanhante chato do baile. E era surpresa? Ela mesma lhe contara que o pai ia arrumar seu casamento. Seu pai... *Talos Petrakis.*

A amargura o dominou ao se lembrar da última vez que estivera cara a cara com seu inimigo. Depois de invadir sua suíte no hotel, os brutamontes de Petrakis o haviam levado para um beco atrás do prédio e o surrado até que desmaiasse. Estava enfurecido com a ousadia de Petrakis que o tratara como se fosse um vagabundo qualquer. Fazer com que um homem adulto e respeitado na comunidade empresarial fosse surrado feito um marginal. E o fato de no início da vida Alekos ter sido realmente um pobre coitado o deixava ainda mais determinado a se vingar de Petrakis. Nada o deteria agora. Nada... nem ninguém... o dissuadiria de seu propósito.

Quanto a Iolanthe Petrakis... A boca de Alekos formou uma linha impiedosa. Quem sabe o que se passara na sua cabecinha? Talvez tivesse sido uma cilada com a intenção clara de fazer o pai encontrá-los. Como mais Petrakis poderia saber onde ela estava? Onde *ele* estava?

Era evidente que ela se insinuara. Recordando, Alekos pensou na determinação de Iolanthe em perder a virgindade para um estranho. Talvez fosse um ato de revolta contra o pai e pelo isolamento em que ele a obrigava a viver. De qualquer modo, não importava se ela fora conivente com o pai ou apenas ingênua. Alekos não podia confiar nela e em ninguém.

– Há uma moça aqui para vê-lo – anunciou Stefanos, seu guarda-costas, à porta do escritório. Alekos o contratara após o ataque de Petrakis. Pretendia nunca mais ser pego desprevenido.

Alekos ficou surpreso. Ninguém o visitava em sua casa; o apartamento que recentemente alugara no bairro de Plaka em Atenas não constava da lista de assinantes.

– Ela deu o nome?

– Só o primeiro. Iolanthe. – Stefano esperou de modo impassível pelas ordens do patrão.

Alekos atirou o jornal sobre uma mesinha e passou os dedos pelo cabelo. Como Iolanthe o encontrara ali? Sem dúvida era mais esperta do que pensara. E por que desejava vê-lo? Para se gabar do noivado? Ou para contar outra coisa? Ele ainda se sentia mal por não ter usado camisinha naquela noite. E só por isso iria vê-la.

– Onde ela está?

– No vestíbulo – assegurou Stefano.

– Leve-a para a sala de estar – ordenou Alekos. – Logo a verei.

Stefanos deixou o escritório e Alekos caminhou de um lado para o outro; por mais que fingisse indiferença sentia-se muito emocionado por rever Iolanthe. Não sabia o que pensar a respeito dela. De início ela o encantara, mas agora suspeitava que fizera papel de idiota do mesmo modo que acontecera no passado com o pai dela. Talos encorajara suas ideias, dera tapinhas nas suas costas pedindo que Alekos lhe explicasse tudo sobre o software. Com apenas 22 anos de idade, Alekos pensara ter encontrado seu mentor. Seu lar. Como estivera errado e fora imbecil, confiando!

Nunca mais confiaria em alguém da família Petrakis ou qualquer um. Respirou fundo, ergueu os ombros, e deixou o escritório.

IOLANTHE FITOU a noite escura através da janela da sala de Alekos, e tentou se acalmar. Não acreditava que tivera a coragem de escapulir da casa do pai e percorrer as ruas estreitas do velho distrito de Atenas como uma sombra errante. Se o pai a descobrisse ali...

Mas precisava ver Alekos, saber se ele a usara como Talos afirmara, e se não fosse verdade... Até neste momento, uma fantasia juvenil a dominava de que Alekos exultaria pelo fato de ela estar grávida. Ele a levaria embora e ela não precisaria casar com Lukas Callos. Viveriam felizes para sempre, e fim.

A porta se abriu e Iolanthe se voltou de supetão, a mão sobre o peito. Alekos estava no umbral, *pairando* ali, mais atraente e sombrio que nunca, e também com cara de poucos amigos. A boca que a beijara estava comprimida em uma linha fina e os olhos que haviam reluzido de desejo, agora eram frios e duros. Ele arqueou as sobrancelhas e cruzou os braços sobre o peito enquanto a fitava em um silêncio hostil.

A fantasia dourada se desintegrou em um instante. O que ela fazia ali? Por que viera? Engoliu em seco e começou a falar:

– Alekos...

– Como me encontrou?

Ela se retraiu diante da voz agressiva.

– Seu endereço estava entre os papeis de meu pai. – Ela entrara no escritório de Talos tarde da noite, e ficara surpresa, mas contente por encontrar detalhes a respeito de Alekos Demetriou na escrivaninha. Sem dúvida, Talos queria saber mais sobre o homem que o odiava e que arruinara sua filha, exceto que ela arruinara a si mesma por ter sido tão fenomenalmente estúpida.

– Ah – aquiesceu Alekos com um gesto de cabeça sem parecer impressionado. – O que você quer? – Não havia nada de amigável nessas palavras, nenhum calor nem interesse. Claro que não. O que seu pai lhe contara agora fazia sentido.

– Queria vê-lo. Saber se...

– O quê?

Iolanthe o fitou se sentindo miserável, consciente de como fora tola também em ter ido até ali. Fora uma última tentativa desesperada antes que o laço rodeasse seu pescoço.

– Queria saber se o que houve entre nós teve algum significado – sussurrou, sentindo bílis na boca, porque já sabia que não.

E quanto ao filho que carregava? Poderia contar sobre a gravidez agora? Mesmo que Alekos concordasse em desposá-la, Iolanthe não sabia se suportaria uma união baseada na conveniência e fundamentada no ódio.

– Significado? – repetiu Alekos, incrédulo. – Pode me perguntar isso depois que seu pai invadiu minha suíte no hotel e me arrastou para fora como um marginal?

Iolanthe arregalou os olhos.

– Ele... estava me protegendo.

– E você ainda o defende. – Ele passeou um olhar de desdém sobre Iolanthe. – Vá embora. Não quero vê-la novamente, nunca mais. – Seus olhos brilhavam não de desejo, mas de raiva. – A menos que tenha havido consequências depois daquela noite?

Iolanthe o encarou, chocada e bastante assustada pelo ódio que via em seus olhos e sentia em seu corpo. Um ódio que se irradiava para fora, uma força malévola.

– Bem? – insistiu ele. – Está aqui porque carrega um filho meu? Porque se for por qualquer outro motivo, aconselho-a a partir imediatamente.

Iolanthe voltou a sentir gosto de bílis na boca. As palavras pareciam uma ameaça. Como dizer agora que estava grávida? Será que este homem frio e motivado pelo ódio seria quem desejava para pai de seu filho?

E mesmo assim Alekos tinha o direito de saber.

– O que faria se houvesse consequências? – murmurou ela.

– Fazendo suas apostas? – zombou ele. – Li a notícia de que vai se casar com Callos. – Ele segurou seu pulso. – Não minta para mim, Iolanthe. Está grávida?

Os dedos pareciam garras em sua pele, e ela ficou aterrorizada. Onde estaria o homem gentil, divertido e charmoso por quem se apaixonara? Evaporara como a miragem que sempre fora.

– Não – conseguiu dizer. – Não estou grávida.

Alekos a soltou, torcendo a boca com desdém.

– Ótimo. Então vá embora.

Iolanthe piscou para esconder as lágrimas. *Não* choraria agora. Não na frente deste homem frio e insensível.

Alekos esperou com os braços cruzados sobre o peito, em silêncio e impaciente. Iolanthe suspirou e então, engolindo um soluço, girou nos calcanhares e correu.

O ar estava quente na rua, as estrelas como diamantes sobre o veludo negro do céu. Ela ergueu a cabeça para fitar o firmamento e não chorou. Nunca mais choraria. Nesta noite amadurecera. Poria um fim ao seu jeito infantil, e nunca mais voltaria a ser assim.

Respirou fundo e ergueu os ombros, começando a longa caminhada de volta para casa. Com sorte, ninguém teria notado sua ausência; comunicara à governanta, Amara, que iria dormir cedo, e escapara quando o pai se trancara no escritório.

Em Plaka as pessoas enchiam os cafés e bares, e em meio às risadas e conversas Iolanthe ouviu o *rebetiko*, a música folclórica que costumavam tocar nesses lugares. Uma alegria que nada tinha a ver com a sua realidade.

Iolanthe sabia que não tinha mais chance. A atitude de Alekos Demetriou deixara isso claro. Estava grávida, dependente da caridade do pai, sem amigos ou meios, e desesperada.

Casaria com Lukas Callos.

DUAS SEMANAS mais tarde Alekos leu a notícia do casamento no *Athinapoli*.

A herdeira Iolanthe Petrakis se casa com Lukas Callos da Petra Innovation.

Havia uma foto; Iolanthe estava adorável, embora pálida, usando um vestido justo cor de creme e segurando um ramo de lírios; a expressão de Lukas Callos era quase indiferente. A cerimônia fora íntima.

Sentindo amargor na boca, Alekos atirou o jornal para longe e jurou nunca mais pensar em Iolanthe Callos. Só pensaria no sucesso... e em vingança.

CAPÍTULO 4

Dez anos mais tarde.

– Lamento informar que sua situação é... difícil.

– Difícil? – Iolanthe se empertigou na poltrona de couro que o advogado de seu marido, Antonis Metaxas, lhe oferecera momentos atrás para discutir a posição financeira de Lukas. O homem com quem estivera casada há quase uma década, morrera em um acidente de carro quinze dias antes, deixando Iolanthe sozinha no mundo, a não ser pelo filho de 9 anos, Niko. Talos, seu pai, falecera dois anos atrás, e a Petra Innovation agora pertencia a ela... e era a herança de Niko.

Metaxas juntou as pontas dos dedos com a expressão condoída demais. Alarmada, Iolanthe sentiu a nuca arder. Não se envolvera nos negócios do pai e do marido naqueles últimos dez anos; ninguém a convidara. Ao contrário, focara-se no filho, alimentando-o e protegendo-o, e tentando ser feliz ou, pelo menos, contente com a vida que levava: um casamento sem amor com um homem que sempre fora quase um estranho, e um filho que adorava. Podia ter sido pior.

Mesmo enquanto tentara estabelecer sua própria vida virtualmente separada de Lukas, sempre pensara que teria a Petra Innovation para segurança de Niko. O menino era o único herdeiro tanto de Talos Petrakis quanto de Lukas Callos, e a empresa era direito seu por nascimento.

– A Petra Innovation sofreu alguns reveses financeiros nos últimos anos – explicou Metaxas com cuidado. – Temo que isso a tenha deixado em uma situação precária.

Iolanthe enfiou as unhas nas palmas das mãos, e respirou fundo várias vezes. Não eram notícias que estava gostando de ouvir.

– Por que não fala claro, Kyrie Metaxas? Até *onde* minha situação é precária? – Ergueu o queixo e enfrentou com firmeza o olhar do advogado. – A empresa é solvente?

– Solvente é. – Ele hesitou franzindo a testa com uma expressão paternal que deixou Iolanthe impaciente e ansiosa.

– Aguento qualquer coisa que tenha a me dizer – informou ao advogado com decisão, embora na verdade não tivesse certeza. Pelo menos tentaria. – Qual o problema?

– Creio que seu marido não tinha a experiência financeira de seu pai – explicou Metaxas. – Apesar de ser um gênio quando se tratava de inovações técnicas, é claro – acrescentou depressa.

– Sim, sei disso. – Lukas passava muito mais tempo no trabalho do que em casa. Seu primeiro e único amor eram os computadores, e Iolanthe aceitara isso há muito tempo. Logo no início do casamento parara de pensar em amor ou mesmo afeto. Como poderia quando nunca amara o marido também? Seu casamento não passara de um arranjo de conveniência para ambas as partes.

Encarou Metaxas.

– Então o que aconteceu com a empresa desde que meu pai morreu?

– Há seis meses seu marido abriu o capital da empresa. Seu pai sempre relutou em tomar essa medida, desejando controle total.

O que parecia a cara de Talos, Iolanthe refletiu. Sabia que o pai e Lukas haviam divido entre si as ações. Ou pelo menos até...

– Então, é claro, outras pessoas puderam adquirir as ações da Petra Innovation?

– Sim...

– Mas Lukas continuou mantendo o controle acionário. – Ela conhecia o suficiente sobre negócios, sobre a *vida*, para entender como isso era importante.

Metaxas suspirou e balançou a cabeça.

– Temo que não.

– *Quê?* – Ela piscou diversas vezes, chocada que o marido pudesse ter sido tão tolo. Tão estúpido. – Então agora que herdei a empresa... quanto dela de fato possuo?

– Grosso modo, quarenta por cento.

– Muito bem. – Iolanthe respirou fundo e tentou raciocinar com calma. – Os outros sessenta por cento devem pertencer a várias pessoas diferentes, certamente...

– Não. – Metaxas a contradisse com voz gentil. – Os outros sessenta por cento agora pertencem a uma só pessoa. Seu marido não percebeu isso... os investimentos foram feitos cautelosamente, diria até às escondidas, sob diferentes nomes corporativos nos últimos meses, todavia, o homem na base disso era o mesmo.

Iolanthe o fitou com as mãos entrelaçadas com tanta força que quase se cortou com as unhas.

– E quem é este homem?

– Outro mago da tecnologia, Alekos Demetriou.

Ela respirou fundo, porém, além das mãos apertadas, não esboçou nenhuma reação. Na verdade estava tão chocada que não sabia o que fazer. *Alekos Demetriou.* Disciplinara-se para não pensar nele nesses longos dez anos, tentara fingir que ele não era o pai de Niko e que seu nome não significava nada. Tudo mentira. Bastara Metaxas pronunciar o seu nome para que ela voltasse em pensamentos para aquela noite maravilhosa e terrível quando conhecera tanto o prazer quanto a dor.

E agora Alekos Demetriou possuía a empresa de seu pai? A empresa *dela*? Exceto que, é claro, já não era dela.

– O que isso quer dizer exatamente?

– Não sei – admitiu o advogado. – Demetriou acabou de revelar que tem o controle. Solicitei uma reunião com ele para discutir o futuro da empresa.

Iolanthe sentiu o estômago contrair.

– Então o futuro da Petra Innovation está nas mãos de Alekos Demetriou?

– Em uma palavra, sim.

Ela se levantou de modo abrupto, e caminhou de um lado para o outro da sala, parando em frente à janela com vista para a área financeira de Atenas. Mal prestou atenção no largo bulevar, nos prédios alinhados, nas pessoas atarefadas indo e vindo. Em sua mente só via a última imagem que tinha de Alekos, na sua própria sala de estar, o rosto frio e indiferente, pedindo que ela fosse embora.

E ela fora.

– Kyria Callos – disse Metaxas – percebo que essa notícia foi um choque.

– Não faz ideia quanto – admitiu Iolanthe com uma risada dura. O que Alekos faria com a empresa? Com a herança do filho dela... filho *dele*? – Acha provável que ele simplesmente deixe as coisas como estão?

Mesmo ao falar, percebeu que era uma indagação ridícula, ingênua. E ela deixara de ser ingênua há muito tempo.

Precisara. Sabia há dez anos que Alekos desejara se vingar. Uma década parecia não ter mudado nada. Ele ainda queria se vingar de Talos e talvez até dela mesma. Por isso, comprara a maioria das ações para controlar a empresa?

– Realmente não sei o que Demetriou fará – respondeu Metaxas. – Não sei, para início de conversa, porque iniciou a compra da Petra Innovation. Entretanto, o fato de ter agido sorrateiramente me preocupa, é claro.

Iolanthe concordou com um aceno automático, ainda olhando para a rua sem nada ver.

Metaxas limpou a garganta

– Tem algum passado com Demetriou? – interrogou à queima-roupa.

– Eu? – Iolanthe se voltou com a expressão composta. – O que quer saber? Casei com Lukas aos 20 anos.

– É claro, desculpe-me. Só quis dizer que talvez entre as famílias... – Metaxas se deteve enquanto Iolanthe o fitava friamente, sua postura nada revelando. Pelo menos ela assim esperava.

– Há muito tempo Demetriou teve uma rivalidade com meu pai, algo a respeito de um sistema de software. Meu pai o superou e foi o dono da invenção... Acho que Demetriou ficou furioso com isso. – Tão furioso que seduzira a filha de Talos tudo por causa de uma vingança mesquinha e sem sentido.

– Então acredita que ele adquiriu a empresa para dar o troco?

– Acho que sim.

– Então a senhora o conhece.

– Sei o que ele fez – corrigiu Iolanthe com secura – e o que meu pai me contou. Demetriou não é um homem admirável de jeito nenhum. – Disso ela sabia muito bem.

Metaxas respirou fundo.

– Isso não é bom para a Petra Innovation. Mas espero que Demetriou nos informe sobre seus planos quando o encontrar amanhã.

Iolanthe ficou tensa, sentindo uma garra de gelo percorrer a espinha dorsal.

– Então ele concordou com a reunião?

– Sim...

– Só com o senhor – acrescentou Iolanthc. O advogado, assim como seu marido e seu pai, pretendia que ela não participasse de nenhuma decisão comercial. Antes da morte de Lukas, Iolanthe se satisfizera em ser dona de casa e permanecer afastada dos negócios. Mas não agora que a herança de seu filho estava ameaçada. – Quero estar presente nessa reunião.

Metaxas ficou espantado.

– Se assim deseja – proferiu após uma pausa. – Mas, como sabe, sempre foi desejo de seu marido que não fosse incomodada com assuntos de negócios...

– E veja aonde isso nos levou – terminou Iolanthe por ele. A ideia de se ver cara a cara com Alekos Demetriou de novo a enchia de terror e preocupação, mas, mesmo assim, faria isso. Queria saber exatamente o que ele pretendia fazer com a empresa de seu pai... e de seu filho.

– Kyrie Metaxas e Kyria Callos o receberão agora.

Alekos torceu a boca com sarcasmo enquanto entrava no escritório da diretoria da Petra Innovation.

Submetera-se a ficar esperando na recepção para ser recebido como qualquer pessoa, mas, na verdade, agora era o dono da empresa para fazer o que bem quisesse.

E descobrira que estava ansioso para informar isso à Iolanthe Callos.

A recepcionista abriu as portas e ele entrou, parando de supetão diante de Iolanthe de pé à janela, o sol iluminando seu cabelo negro. Vê-la após tantos anos foi como um soco no estômago e, para sua surpresa e irritação, percebeu que estava sem ar. Lembranças o assaltaram, um caleidoscópio de imagens e sensações que há muito decidira esquecer. Uma máscara de seda branca, uma pele de pétalas de rosa. O toque de seus lábios, a visão de seu prazer...

Com coragem afastou o olhar da mulher à janela e se dirigiu ao outro ocupante da sala: o advogado dela, Antonis Metaxas. Alekos o saudou com um breve aceno de cabeça.

– Kyrie Metaxas.

– Kyrie Demetriou.

O silêncio se prolongou entre os três. Alekos voltou a olhar para Iolanthe, determinado a não reagir à sua presença como antes. Pôde ver que continuava a mesma linda mulher, embora mais velha como ele. Percebeu algumas linhas suaves junto aos seus olhos e, ainda que pálida, notou que agora tinha uma postura muito mais segura. Estava com 30 anos e ficara viúva recentemente. Notou seu conjunto cinza claro, muito adequado para o luto. A jaqueta estava afivelada na cintura fina e a saia justa enfatizava sua figura delgada. O cabelo estava preso em um coque, o que o fez se lembrar das mechas negras caindo sobre suas mãos enquanto a puxava para si e a beijava...

– Kyria Callos. Posso lhe dar meus pêsames pelo falecimento de seu marido? – perguntou para manter a polidez.

Iolanthe inclinou a cabeça aceitando como uma rainha. Não falou. Seu rosto parecia de mármore, inexpressivo como de uma estátua. Não havia calor nos olhos cinzentos.

– Informei Kyria Callos de seu controle acionário na empresa – declarou Metaxas. – Ela gostaria de saber suas intenções em relação à Petra Innovation.

Alekos desviou os olhos para Metaxas rapidamente.

– Kyria Callos não pode falar por si mesma? – questionou com suavidade deliberada. Voltou a fitar Iolanthe, surpreso e gratificado por ver a raiva em seu rosto; a estátua desaparecera.

– Sim, Kyria Callos pode – informou ela secamente. O som de sua voz foi outra surpresa para Alekos; desaparecera a cadência juvenil que fora substituída pelo tom claro de uma mulher adulta que controlava sua vida, embora não os negócios.

– Muito bem – aquiesceu Alekos com um gesto de cabeça, assim como ela fizera. – O que deseja saber?

– A razão para ter adquirido o controle da empresa de meu pai e de meu marido – enfatizou ela, demonstrando desaprovação e desdém. Perceber que ela o desdenhava intensificou nele a vontade de vingança. Recorreu à carapaça de aço que sempre o protegia. – E por que agiu de maneira tão sorrateira – acrescentou ela lançando as palavras como um insulto.

– Caso tivesse se dado ao trabalho de investigar mais, veria que não fui tão sorrateiro assim como pensa. Simplesmente, seu marido não se importou em examinar melhor os negócios.

Um leve gemido escapou dos lábios dela.

– Como ousa?

Alekos arqueou as sobrancelhas sem acreditar no que ouvia.

– Como ouso? – Não iria admitir essa postura dela. – Não percebi que estava sendo ousado. Só confessei a verdade, seu marido estava desesperado para vender, Kyria Callos.

– Pelo menos era honrado – retrucou Iolanthe antes de respirar fundo e se controlar. – Coisa que o senhor nunca foi.

– Kyria Callos... – começou Metaxas, claramente chocado com o rumo da conversa.

– Eu e Iolanthe temos uma história – informou Alekos com fria polidez, desmentindo o que ela anunciara antes ao advogado. – Como provavelmente deve ter notado.

Fitou Iolanthe; seus olhos pareciam de aço, cheios de fúria reprimida e de lembranças. Estaria lembrando como ele o que acontecera entre os dois? Dez anos haviam se passado e Alekos ainda se lembrava de tudo, como ela fora irresistível, tanto que atirara para o alto a cautela e o bom senso apenas para possuí-la.

Ainda bem que aprendera a se controlar melhor nesses últimos dez anos, e, é claro, se assegurara para nunca cruzar o caminho de Iolanthe outra vez.

Metaxas relanceou um olhar preocupado para ela, mas Iolanthe ficou em silêncio.

– Naturalmente, Kyria Callos está preocupada com a natureza deste negócio...

– Minhas atitudes em relação à Petra Innovation foram totalmente legais – interrompeu Alekos com suavidade. – Agi com mais lisura que Talos Petrakis e Lukas Callos.

Metaxas enrijeceu diante da afronta.

– Está querendo insinuar alguma coisa...?

– Não estou insinuando. Estou afirmando. – Fitou Iolanthe novamente. Ela estava pálida com o choque, e apertava os lábios com os olhos reluzindo. Ainda tinha fogo nas veias. Por que esse pensamento o agradou? Nada em Iolanthe Callos deveria agradá-lo ou interessá-lo. Não pensara nela nos últimos dez anos, pelo menos se esforçara para não pensar.

– Então, após iniciar uma compra hostil da empresa de meu pai, lança calúnias sobre o caráter dele e de meu marido? – Iolanthe balançou a cabeça com desagrado. – Deveria ter esperado isso do senhor. A seguir irá me insultar também.

– Até onde percebo, é você quem está me insultando.

– Creio que essa conversa já foi longe demais – interveio Metaxas. – É melhor nos atermos à discussão sobre o que Kyrie Demetriou pretende com a Petra Innovation...

– Claro. – As faces pálidas de Iolanthe ficaram coradas o que a deixou ainda mais bonita. Parecia uma chama escura e alta, de pé, ereta e orgulhosa, recusando-se a ceder. Alekos sentiu uma mistura de pena e admiração. Mas, mesmo assim, sua coragem não o impediria de dar o golpe final com que sonhava há tanto tempo. Só queria que Talos Petrakis estivesse vivo para ver e sentir.

– Fico feliz em informá-los de minhas intenções sobre a Petra Innovation. – Alekos estivera reagindo emocionalmente à Iolanthe. Era hora de se ater aos fatos, saborear a vingança tardia que agora conseguia. – Pretendo fechar a empresa e liquidar todos os seus ativos. – Observou Iolanthe ficar de boca aberta, as mãos caídas ao longo do corpo. – Quarenta por cento deverão lhe dar bastante conforto, embora deva dizer que a Petra Innovation já não é lucrativa como antes.

Não como na época em que Talos roubara o sistema de software que ele projetara. Lukas Callos, que Alekos não conhecera pessoalmente naquela época, podia ter sido um mago da tecnologia, contudo, nunca fora páreo para as suas criações. Só as copiara.

– Não pode fazer isso – sussurrou Iolanthe.

– Posso – informou Alekos com frieza. – Aliás, já comecei o processo.

– Vai despedir todos os funcionários...

– Está de fato preocupada com todas essas pessoas anônimas ou é sua própria situação que a aflige? – despejou Alekos com raiva. Pensara que poderia esquecer a fúria, mas agora, vendo Iolanthe, sabendo que ela era uma socialite mimada, casada com aquele verme, capacho de Talos Petrakis...

Fúria não era a palavra exata.

Lendo o histórico da Petra Innovation, Alekos percebera que Lukas Callos era a mente por trás da esperteza comercial de Talos Petrakis; compreendera que fora Callos quem copiara seus projetos a mando de Petrakis, há tantos anos atrás, e que Iolanthe compartilhara sua cama, muito satisfeita. A esposa mimada.

– Como ousa me acusar? – sibilou Iolanthe com fúria. – *Você* entre todas as pessoas...

– É evidente que pensa muito mal a meu respeito – afirmou Alekos com a voz entediada –, mas não importa. O fechamento da empresa será efetuado imediatamente, e a grande maioria dos funcionários será absorvida pela minha própria empresa, a Demetriou Tech. – Sorriu com ironia. – Portanto, como vê, não precisa se preocupar porque não ficarão desempregados.

– Creio que devemos parar um minuto para... – começou Metaxas, no entanto, Iolanthe passou por ele de punhos cerrados em direção a Alekos.

– Não pode fazer isso. A Petra Innovation é minha.

Ele a fitou sem emoção.

– Não mais.

– Durante toda a minha vida, a vida de meu *filho*...

Alekos ouvira falar que ela tivera um filho com Callos. Jamais vira o garoto, é claro, e nem sabia seu nome. Afinal, o que lhe importavam os filhos de seus inimigos e seus direitos? Seus próprios direitos haviam sido violados quando Petrakis fingira ser seu amigo e roubara suas ideias. Suas ilusões haviam desmoronado primeiramente com Talos e depois com Iolanthe.

– Espero que vocês dois se adaptem à nova situação – acabou por dizer friamente, fazendo Iolanthe soltar um grito estrangulado.

– Quando o conheci pensei que fosse um homem de bem. Mas só me provou o contrário várias vezes.

Alekos sufocou a onda de remorso que sentiu de repente.

– Então você deve ser tola – retrucou secamente. – Acreditar em algo quando as evidências mostram o contrário. Ou – sugeriu com voz de aço – talvez devesse se indagar quem é o bom e o mau nessa história. Bom dia. – Sem confiar na firmeza da própria voz, fez um aceno brusco para Metaxas e Iolanthe antes de se voltar e deixar a sala.

CAPÍTULO 5

– Como foi?

Amara, governanta e confidente de Iolanthe nos últimos dez anos e que tomara conta dela desde criança, recebeu-a na porta da casa perto de Plaka onde Iolanthe morava desde o casamento.

– Terrível – resmungou Iolanthe. Uma hora após encontrar Alekos ainda se debatia entre a fúria e o medo.

Amara empalideceu pegando o casaco de Iolanthe.

– Deixe-me lhe dar uma bebida quente. – A solução de tudo para ela era uma xícara de chá grego da montanha, considerada uma panaceia na região central onde nascera. Ao longo do tempo, Iolanthe passara a apreciar a bebida feita de ervas, mel e limão.

– Obrigada, Amara – disse passando pela governanta e indo à cozinha, o coração da casa. – Mas não creio que isso irá resolver meus problemas. Onde está Niko?

– Lá em cima no computador.

Como sempre. Seu filho passava a maior parte do tempo lendo, brincando com jogos eletrônicos ou no computador. A convivência social era uma luta, apesar da determinação de Iolanthe.

Deixou-se cair em uma cadeira na cozinha e apertou as têmporas. Estava mais chocada do que desejava admitir por rever Alekos. Apesar de seus planos sinistros para a empresa, continuava tão atraente como antes quando roubara seu coração e sua inocência. Ainda mais porque agora era proibido para ela. Não sorria com suavidade nem lhe dizia palavras agradáveis. Era um deus zangado de velhas lendas e mitos que viera das estrelas para se vingar, e ia se vingar. Todavia, como ela podia perder a Petra Innovation?

Amara se ocupou na preparação do chá.

– O que aconteceu? – inquiriu espremendo limão e colocando mel na xícara. – Pensei que fosse ter uma conversa habitual com o advogado.

– Também pensei. – Iolanthe fechou os olhos. Parecia que tomara um táxi há séculos para ir ao escritório de Metaxas, serenamente refletindo que ele só a chamara para falar de seus ativos, porém, agora sabia a verdade.

– Então? – Amara estava impaciente. Fazia parte da vida de Iolanthe. – Conte.

– Alekos Demetriou adquiriu a Petra Innovation.

Amara arregalou os olhos. Só ela, Talos e Lukas sabiam quem era o pai de Niko, e os outros dois estavam mortos. Fora um acordo feito quando Lukas aceitara se casar com Iolanthe. Ele criaria Niko como seu filho, e para o mundo seriam uma família feliz. Ou tentariam ser. Mas Lukas nunca tentara muito.

– E o que este Demetriou pretende fazer?

Iolanthe explicou rapidamente. Amara ouviu sentada em frente com sua xícara de chá também.

– Muito bem – proferiu quando Iolanthe acabou seu relato. – Mas não é tão terrível, certo? Quarenta por cento da empresa serão o suficiente para você e Niko ficarem amparados, e, afinal, você nunca teve nada a ver com a empresa.

– A empresa é a herança de Niko – retrucou Iolanthe. – Meu pai viveu pela Petra Innovation assim como Lukas. – Ela tomou um gole do chá adoçado que se misturou à sua amargura. – Niko espera fazer parte dela.

Nos últimos anos de vida, Talos se tornara mais brando com Iolanthe, esquecendo um pouco seu desapontamento e raiva. Às vezes, levava Niko para a empresa sempre prometendo que seria a herança do menino.

Por seu lado, Lukas sempre ignorara o filho adotivo, e Iolanthe suspeitava que Niko adorava a Petra Innovation em parte para agradar o homem que julgava ser seu pai. Agora Lukas morrera e a empresa era tudo que Niko possuía.

– Não posso desistir sem lutar. Pelo bem de Niko. Sabe o que a Petra Innovation significa para ele.

– Sim, mas tem apenas 9 anos – suspirou Amara.

– Ele quer trabalhar para a Petra Innovation. Para que o avô e o pai se orgulhem dele. – Lágrimas surgiram em seus olhos. Como permitir que tirassem isso do filho?

– E se você não tiver escolha? – interrogou Amara de supetão.

– Tenho. – Podia contar a Alekos que Niko era seu filho. Será que tiraria a Petra Innovation do próprio filho? Será que não dava para acreditar que Alekos ainda tinha um pouco de compaixão e bondade dentro de si? Mas *seria* um jogo; Iolanthe não podia ter certeza da reação de Alekos se contasse a verdade.

– O que quer dizer? Tem escolha? – perguntou Amara. – Se ele tem o controle...

Decidida, Iolanthe se aprumou.

– Preciso falar com ele.

Depois de acabar o chá, subiu para os aposentos de Niko no último andar da casa. Parou à porta de seu quarto, fitando-o com a habitual dor no coração. Ele estava em frente à escrivaninha totalmente absorvido no que fazia.

– Niko – chamou Iolanthe com meiguice. – O que está fazendo, *pethi mou*?

Niko ficou tenso ao ouvir sua voz e se virou lentamente da tela do computador.

– Criando outro aplicativo.

– Outro?

Niko concordou com um aceno sério e cuidadoso. Interagir socialmente era sempre difícil para ele.

– Qual é dessa vez? – quis saber Iolanthe alegremente. Postou-se longe da escrivaninha para não parecer que estava espiando a tela do computador. Certa vez, ousara acionar uma tecla e quase provocara uma crise.

Niko deu de ombros, evitando os olhos dela como sempre fazia. Desde que o filho era bebê Iolanthe lutava para forjar aquela ligação que outras mães tinham com tanta facilidade. Amava o menino com uma força imensa, desejando protegê-lo porque era diferente, porque ele não entendia tantas coisas. Entretanto, às vezes sentia que Niko não a amava. Indagava-se se ele sabia amar. Sentia-se culpada e má por ter tal pensamento; Niko demonstrava amor à sua maneira. *Sabia* disso, discutira muito com Talos e Lukas por causa disso, e mesmo assim, no íntimo, se questionava. E temia.

– Niko? Qual o aplicativo?

Ele afastou o rosto.

– Só uma coisa para zumbis.

– Certo. – Iolanthe não entendia nada disso. No último ano, Niko começara a idealizar aplicativos e jogos on-line, um deles envolvendo zumbis. Encorajado pela mãe, timidamente Niko mostrara para Lukas, contudo, o pai o dispensara com um erguer de sobrancelhas. Iolanthe temia que Niko, no seu isolamento e silêncio, tivesse absorvido a rejeição do pai adotivo, o que o fazia se fechar cada vez mais. Tentava apoiar e encorajar o filho da melhor maneira possível, no entanto, há anos não acompanhava os conhecimentos tecnológicos do garoto que eram muito avançados para ela. – O que é power point? É bom?

– Sim. As pessoas gostam muito.

– Uau. E vão gostar de seus aplicativos também?

Niko confirmou com um leve aceno, os olhos já presos na tela.

– Que ótimo, Niko. – Ela ousou tocar o cabelo do filho com a ponta dos dedos. Ele se afastou e Iolanthe recolheu a mão.

– Você se encontrou com o advogado? – inquiriu Niko após alguns segundos sem deixar de fitar a tela do computador.

– Sim. – Ela mencionara a reunião na noite anterior.

Niko virou-se para olhar a mãe, semicerrando os olhos idênticos aos de Alekos.

– E o que ele declarou? Está tudo bem?

– Tudo bem, Niko. – Como dizer o contrário? De certa forma, ele podia parecer muito mais velho do que era, todavia, só tinha 9 anos. Iolanthe não podia jogar sobre o filho o peso de seus problemas financeiros. Exceto que eram problemas dele também, porque a Petra Innovation deveria ser sua herança. Precisava ser. Tirá-la de Niko seria como tirar sua razão de viver. Falar sobre a Petra Innovation fazia seus olhos brilharem de animação e o arrancava do mutismo para torná-lo um tagarela.

Niko *precisava* da Petra Innovation. Precisava da esperança de algo melhor e maior para fazer parte também.

Iolanthe fechou os olhos sentindo remorso. Assim como Lukas, por que *ela* deixara isso acontecer? Deveria ter tomado mais interesse na empresa, insistido em saber o que acontecia, e assim salvaguardar a herança do filho.

Mas só em pensar nisso tinha vontade de rir. Não entendia nada de negócios. E seu pai e Lukas jamais a deixariam participar ainda que demonstrasse interesse. Os dois mal toleravam sua presença, sempre a fazendo se lembrar de sua vergonha do passado.

– Mamãe? – O termo carinhoso pareceu estranho na boca de Niko, que raramente o usava. – Tem certeza de que tudo está bem?

– Sim. – Iolanthe respirou fundo e sorriu. Não preocuparia o menino. Acharia um jeito de manter a Petra Innovation para ele. Tinha obrigação de manter seu sonho vivo; obrigação também para si mesma. Já desistira de tanta coisa e tudo para pagar seu crime... o crime de ter entregado seu corpo a um homem frio e cruel. – Está tudo bem, Niko. – Deu um tapinha na sua mão e foi recompensada com um breve sorriso. Depois saiu do quarto deixando Niko com seu computador.

Precisava encontrar um meio.

ALEKOS AFASTOU o laptop, aborrecido consigo mesmo e com sua incapacidade de concentração desde que vira Iolanthe no dia anterior. Depois de deixar os escritórios da Petra Innovation, perambulara pelas ruas da área empresarial em Atenas, inquieto demais para voltar para seu próprio escritório. Muito envolvido com as recordações.

Lembranças de Iolanthe, seu rosto, sua voz, seu corpo, sua risada rouca que ainda queria ouvir. Sua boca sob a dele, cujo aroma e sabor jamais esquecera. E a sensação de penetrá-la, o modo como ela aceitara e como ele se sentira poderoso e vulnerável ao mesmo tempo.

Como se esquecera de tudo isso? E por que se lembrava disso agora? Iolanthe mudara. *Ele* mudara. E não a queria mais, se é que um dia quisera.

Retornando ao instante presente, levantou-se no escritório de cobertura da Demetriou Tech e olhou para os edifícios da cidade. Podia ver a velha Acrópole a distância e se lembrou de como a admirara naquela noite com Iolanthe na balaustrada do terraço, louco para beijá-la. Não percebera o quanto até que seus lábios haviam encontrado os dela.

Praguejou e se afastou da janela. Precisava parar de pensar nisso. Provavelmente, estava enfeitando o que acontecera... fora apenas uma noite de loucura, um encontro sexual que logo descartara. Não valia a pena imaginar mais coisas do que realmente haviam acontecido.

E mesmo assim se sentia inquieto. Onde estaria o sentimento de satisfação agora que a justiça finalmente fora feita? Por quase quinze anos esperara o dia em que poderia fechar as portas da Petra Innovation. Quando Callos oferecera as ações no mercado seis meses antes, Alekos percebera que por fim teria sua chance.

Entretanto, ao deixar Iolanthe no dia anterior não sentira a enorme satisfação que imaginara. Sentira-se... vazio. Enganado, até, embora não soubesse como ou por quê.

– Kyria Iolanthe Callos deseja vê-lo, senhor. – A voz de sua assistente pessoal vindo do interfone o fez enrijecer. Iolanthe estava ali... para quê? Para implorar pela Petra Innovation?

Sorriu sem alegria. Então a deixaria implorar.

IOLANTHE CRUZOU as portas duplas entrando no escritório de Alekos enquanto se forçava a manter o passo e a expressão calma. Era muito esforço. Só por vê-lo ali de pé, uma das mãos sobre a escrivaninha, o rosto tão frio e *belo*, fazia seu coração acelerar e seu cérebro esquecer todas as coisas que ensaiara dizer.

Estava muito atraente no terno azul-marinho, o cabelo negro curto que enfatizava os ossos salientes, e que seu filho herdara. Sua boca estava comprimida em uma linha fina, mas Iolanthe se lembrava dela suave e quente, e de seus dedos acariciando seu rosto...

– O que faz aqui, Iolanthe?

Não parecia *tão* aborrecido quanto na terrível noite em que ela fora procurá-lo com a intenção de contar sobre a gravidez. Ao lembrar-se disso, a recordação de seus beijos desapareceram.

– Queria falar com você. – Para seu alívio a voz saiu firme. Quase firme.

– Não creio que tenhamos mais nada para falar.

– Por que deseja fechar a Petra Innovation? – Não pretendera ser tão direta, tão desesperada, imaginara uma discussão civilizada entre pessoas do mesmo nível. Mas, na verdade, não estava no mesmo nível dele agora.

Alekos a fitou longamente com expressão misteriosa.

– Porque não tem mais serventia.

– Por que adquirir algo apenas para se desfazer?

– Pelo lucro.

– E lucrou? Depois de comprar todas aquelas ações? – Iolanthe sentiu um aperto no estômago ao perceber a verdade. – Foi apenas vingança, não? – Alekos apenas continuou a fitá-la. – Tudo sempre girou em torno da sua vingança.

Ele passeou o olhar sobre seu rosto.

– Agora você sabe.

– Sei que odiava meu pai porque ele teve uma boa ideia e você não – retrucou Iolanthe, zangada demais para moderar as palavras. – Por não ser tão rápido e inteligente quanto ele. É só vingança, é... inveja pura e simples.

A expressão de Alekos não mudou, embora estivesse ainda mais quieto e perigoso, como um predador pronto a dar o bote e devorar a presa.

– O que quer dizer com isso? – interrogou em voz baixa.

Iolanthe se encolheu diante de seu olhar, mas não se afastou.

– Meu pai me contou toda a história entre vocês dois depois... – Interrompeu-se com o rosto corado ao lembrar-se do que significava *depois*. Depois que se entregara a Alekos de corpo e alma. Depois que julgara como uma tola haver uma ligação entre os dois, um futuro.

– Seu pai contou? E ele assegurou que não fui... como é mesmo? ... rápido e inteligente como ele?

– Sim...

Alekos caminhou até a janela, as mãos atrás das costas, e fitou o céu azul.

– Então ele teve uma ideia e eu não.

Iolanthe ficou confusa. Alekos falara como uma afirmação, mas parecia uma pergunta. Algo ainda não fora dito e nem resolvido.

– Sim, mais ou menos isso. Papai não me deu os detalhes. Apenas mencionou que havia um sistema de software que ele projetara mais depressa do que você.

– Verdade? – Alekos parecia tão sereno como se fosse um assunto de pouco interesse, porém, ela sentia a tensão e a raiva dominando a sala, e o ar parecia feito de eletricidade.

– Então você acha que eu comprei a Petra Innovation para dar o troco porque seu pai foi melhor? Por ele ter tido uma ideia e eu não? – Iolanthe não respondeu e Alekos se voltou. – Que tipinho triste, mesquinho e patético deve pensar que eu sou.

Triste, mesquinho e patético. Nenhuma dessas palavras se aplicava a Alekos Demetriou. E mesmo assim fora tão cruel e hostil com ela sempre que a vira depois daquela primeira noite. Em quem ou no que ela deveria acreditar?

– Está querendo me dizer que não deveria acreditar em meu pai? – desafiou ela. – Que ele mentiu para mim? Era meu pai...

– Enquanto eu fui apenas o homem para quem você entregou sua virgindade. – Alekos curvou a boca com cinismo e Iolanthe lutou para conter a fúria.

– E você deixou muito claro o que pensava do presente que lhe dei – revidou ela. – Acredite, arrependi-me muito.

– Eu também.

Iolanthe respirava com dificuldade. Não fora assim que planejara ter essa conversa.

Ele inclinou a cabeça sempre com um sorriso cínico.

– Muito bem, então parece que não temos mais nada a dizer um ao outro.

– Temos sim – contestou Iolanthe, frustrada. – Não pode fazer isso, Alekos...

– Você está se repetindo, mas verá que posso.

– *Por quê?* – Ela notou a própria voz estrangulada pelas lágrimas e engoliu em seco. Não havia tempo para chorar e tinha certeza de que Alekos não queria uma cena. – Por que destruir a empresa de meu pai, de meu filho que a adora, por algo que aconteceu há milênios? Muito bem, Talos projetou um software que você gostaria de ter projetado. Ele o venceu. Não dá para você apenas esquecer?

– Sim, ele me *venceu* – concordou Alekos com a voz tensa e misteriosa.

Iolanthe o fitou com curiosidade.

– Por que ainda está tão furioso?

Ele respondeu sem emoção:

– De qualquer modo, você não vai ficar na rua. Calculo que seus quarenta por cento lhe darão meios suficientes para que viva com bastante conforto.

– Não quero *dinheiro*! – gritou Iolanthe. – Quero a empresa de meu pai para meu filho. É seu direito de nascença, Alekos...

– Então seu marido deveria ter tomado conta melhor dos negócios.

Como ele era implacável e frio!

– Maldito seja – esbravejou Iolanthe com a voz rouca, lutando para se controlar e apertando os lábios com o punho cerrado.

Precisava contar a Alekos sobre Niko. Mas mesmo neste momento, em especial agora, temia que Alekos não acreditasse ou, pior, rejeitasse o próprio filho.

Ou, ainda pior... que exigisse seus direitos sobre a vida do filho. Sobre a vida *dela*.

Não sabia qual opção era mais terrível. Então ficou em silêncio, de costas para Alekos, ainda com o punho fechado sobre a boca enquanto tentava respirar.

– Não entendo por que isso a aborrece tanto – argumentou ele fazendo-a enrijecer. – Quantos anos tem seu filho? Sete? Oito?

– Nove – murmurou ela.

– Uma criança. A Petra Innovation não pode significar tanto para ele. Ficará bem amparado com o dinheiro que restar. Você não precisa se preocupar, ou é apenas porque não deseja que eu fique com a empresa?

Iolanthe se voltou devagar.

– Não quero que a *destrua* – explicou. – Será que não entende isso?

Alekos a fitou sem emoção.

– Não, não entendo. Você não entendia nada dos negócios da empresa. Só vivia dos recursos que ela fornecia para seu estilo de vida.

Iolanthe recuou, magoada com as palavras irônicas.

– Meu estilo de vida? O que sabe sobre isso?

Ele deu de ombros.

– Uma casa em Plaka, uma ilha particular...

Iolanthe deixou escapar uma risada sem alegria.

– Está listando os bens de meu marido, não meu estilo de vida.

Alekos cruzou os braços sobre o peito.

– Só estou dizendo que você não ficará em má situação. Seu estilo de vida não mudará, pelo menos não muito.

Ela o fitou sem acreditar.

– Meu marido morreu, a empresa está para ser destruída, e diz que meu *estilo de vida* não vai mudar? Ou é o mais burro ou o mais insensível homem do mundo. Talvez as duas coisas.

– Desculpe. – Um nervo vibrou no queixo de Alekos. – Não estava me referindo à morte de seu marido. Só à empresa.

– Oh, então está tudo bem. – Iolanthe riu mais uma vez e era um som trêmulo. Alekos nada sabia sobre sua vida e como sempre fora simples e insossa. Sem dúvida, ele pensava que vivia como uma princesa mimada, uma herdeira mergulhada em eventos sociais.

Como contar sobre Niko? E como não contar? A Petra Innovation era *tudo* para o menino que vivia para o dia em que assumiria os negócios. Mas, e se contasse e Alekos não mudasse de ideia?

E se ele mudasse?

– Acho que não há mais nada a dizer – sussurrou ele sem entonação.

Iolanthe respirou fundo.

– Na verdade, Alekos, há. – Respirou fundo de novo; sentia-se como se fosse pular de um precipício. Quanto tempo levaria a queda livre? E como seria chegar ao fim? – Niko não é filho de Lukas Callos. É seu filho.

CAPÍTULO 6

Alekos ouviu aquelas palavras como se viessem de muito longe. Ecoaram em seu cérebro enquanto fitava Iolanthe em total confusão. Por fim conseguiu dizer:

– Você deve estar realmente desesperada.

Ela se encolheu com os olhos brilhando de coragem e medo ao mesmo tempo.

– Você não acredita.

– E por que deveria?

– Por que eu mentiria? É muito fácil provar.

A calma de Iolanthe o irritou, assim como as palavras iniciais o haviam deixado perplexo.

– Está se referindo a um teste de paternidade.

Os olhos dela brilharam outra vez.

– Exatamente.

Por alguns segundo, Alekos ficou sem fala.

– Por que não me contou antes? – questionou ele murmurando por fim, com emoção contida... emoção demais. Não sabia o que sentir. Raiva dela por ter guardado tal segredo? Encantamento por ter um *filho*? Era melhor não acreditar nisso.

– Tentei lhe contar lá atrás – respondeu Iolanthe com a voz trêmula. – Quando fui ao seu apartamento.

– *Tentou*? – respirou ele fundo, recordando o encontro breve e intenso. Estivera furioso por causa da maneira vergonhosa com que Talos o tratara, e suspeitara que Iolanthe fizera parte do esquema. E Iolanthe... estivera com medo.

Recordou como ela tremia, como seus olhos pareciam imensos no rosto pálido. Ordenara que fosse embora e ela obedecera, correndo dali como se ele a perseguisse com um chicote. – Naquela ocasião, indaguei claramente se estava grávida.

– E depois acrescentou que, se não estivesse, saísse imediatamente – retrucou Iolanthe. – Muito pouco amigável.

– Nunca fomos amigos – replicou Alekos com frieza –, mas esperava uma resposta honesta para minha pergunta.

– E por que eu deveria contar? – quis saber Iolanthe. – Você claramente me desprezava. – Levou a mão à testa. – Mas não quero falar disso agora. Quero saber se manterá a Petra Innovation para Niko já que ele é seu filho.

– Você não hesita quando se trata de seus interesses – observou ele. – Só me contou que Niko é meu filho por causa da empresa, pelo que deseja de mim.

– Sim. – Ela já não tinha mais medo. – Desejo que Niko tenha o que lhe é de direito.

Alekos sorriu.

– Como pode ser seu direito se não é filho biológico de Lukas Callos?

– Sempre me questionei – respondeu Iolanthe com calma – como você conseguiu me seduzir aquela noite, porque desde então só tem sido desagradável.

– Será que fui eu quem a seduziu? – replicou ele. – Ou será que você preparou o cenário para ser seduzida ou até me seduziu?

Iolanthe balançou a cabeça devagar, a confusão no olhar.

– Por que faria isso?

– Não tenho ideia. Talvez quisesse me encurralar. Ou humilhar seu pai...

– *Quê...?*

– Sei que a mantinha reclusa e a tratava com rédea curta. Será que dormir comigo não foi sua maneira infantil de se vingar dele? – Deu de ombros sem se importar com a resposta dela. – De qualquer modo aprendi a não confiar em ninguém da sua família. – Virou-se de modo abrupto não querendo falar mais.

Não iria se lamuriar com Iolanthe a respeito de como o pai dela o recebera bem na Petra Innovation para depois roubar sua ideia há quatorze anos, deixando-o desolado, sofrendo com a traição do homem em quem tanto confiara. Provavelmente, ela não acreditaria e, de qualquer modo, Alekos já se vingara, só que a vingança não parecia tão doce como antecipara.

– Vai pedir um teste de paternidade? – interrogou Iolanthe. Parecia cansada. Alekos se virou, notando seus ombros caídos. Dava a impressão que um sopro a faria cair, mas, mesmo assim, estava linda. Usava um vestido azul-marinho que realçava seu físico delgado, prendera o cabelo para trás e algumas mechas negras emolduravam seu rosto.

– Claro que sim – respondeu ele, vendo que ela não se abalava. Parecia muito segura... e só havia um motivo para isso: dizia a verdade.

– E quando receber o resultado? – insistiu ela. – Voltará atrás sobre fechar a Petra Innovation?

Ele tentou raciocinar em meio à rapidez com que as novidades iam se sucedendo. Um filho. Não podia imaginar, não podia *conceber*...

Mesmo assim, Iolanthe *concebera*... sem nunca lhe contar. Era uma traição maior do que qualquer uma que pudesse lhe fazer.

– Não tomarei decisões até receber o resultado do teste.

– Ótimo. Só levará alguns dias, mas no meio-tempo prometa-me que nada fará a respeito da Petra Innovation.

Alekos abriu a boca para dizer que não faria promessas, mas deteve-se. Se Niko era seu filho precisava reformular seus planos, e a compreensão do quanto tudo mudaria o deixou sem palavras.

– Ótimo – sussurrou por fim.

– Fará os arranjos para o teste de paternidade ou faço eu?

– Eu farei.

– Obrigada. – Iolanthe se virou para ir embora e Alekos sentiu o impulso bizarro de detê-la e fazê-la ficar, para dizer... O quê? Não havia mais nada entre os dois... exceto, talvez, um filho.

– Desculpe, Iolanthe.

Ela fechou os olhos pressionando as mãos sobre os olhos para vencer a fadiga. Sentia-se cansada demais para ficar chocada ou mesmo consternada; as más notícias não paravam de chegar.

– Tudo bem, Antonis. – Na última semana, depois que a realidade terrível sobre a situação das finanças de Lukas havia emergido, ela e o advogado se tratavam pelos primeiros nomes. – Não é culpa sua.

– Lukas nunca me contou...

– Não tem importância.

Após algumas amenidades ela desligou o telefone. Lukas não só deixara a empresa em dificuldades financeiras como lançara mão dos próprios bens pessoais. Antonis estudara a situação financeira da Petra Innovation a semana toda, e nenhuma notícia era boa.

Os bens de Iolanthe com a herança do pai haviam desaparecido, a luxuosa casa na cidade recebera uma segunda hipoteca, a ilha particular estava nas mãos do banco. A única coisa que lhe restava eram os quarenta por cento da Petra Innovation.

Deixando escapar um suspiro trêmulo, levantou-se da poltrona na saleta que era seu canto particular, e se dirigiu à janela que descortinava a noite de verão. A brisa quente acariciou seus braços e ela recostou a testa na vidraça, refletindo como Lukas pudera ser tão estúpido, deixando-a com quase nada.

E quanto a Alekos? Há quatro dias não tinha notícias dele, depois que ele enviara um médico para retirar uma amostra da saliva de Niko para o teste de paternidade. Niko ficara espantado, e Iolanthe gaguejara uma desculpa qualquer sobre prevenção de algum vírus; felizmente o menino dera de ombros e voltara em seguida para seu computador.

Mas e quanto a Alekos? Já deveria estar sabendo com certeza de que Niko era seu filho. Por que não entrara em contato?

Sentindo frio apesar da brisa quente, Iolanthe deixou a janela. Talvez não devesse ter contado sobre Niko para Alekos; sentia-se como se tivesse aberto a caixa de Pandora para nunca mais conseguir controlar a situação. Gostaria de saber o que Alekos pretendia, se iria rejeitar Niko ou se envolver mais em sua vida. Qual das duas possibilidades a alarmava mais?

Amara bateu à porta e franziu a testa ao ver Iolanthe.

– Há um homem aqui para vê-la – anunciou. – Apresentou-se Alekos Demetriou. Está na sala de visitas, mas posso mandá-lo embora...

O coração de Iolanthe disparou e suas mãos ficaram úmidas. Então ele viera... mas com que propósito?

– Pode deixar, Amara. Vou recebê-lo.

A governanta plantou as mãos nos quadris largos.

– É este o homem que destruirá a empresa de Kyrie Petrakis?

– Fechá-la, sim. Mas espero tê-lo feito mudar de ideia.

Amara pareceu em dúvida.

– Devo servir chá?

– Não será preciso. – Iolanthe não sabia o que ele iria dizer, e não desejava fazê-lo se sentir à vontade antes de conhecer suas intenções. – Obrigada.

A governanta saiu e Iolanthe se fitou no espelho passando a mão no cabelo. Não estava usando um de seus poucos vestidos de grife que lhe davam mais segurança; ficara em casa o dia inteiro e estava de jeans e de camiseta cor-de-rosa larga, sem maquiagem ou joias. Gostaria de estar usando algo mais imponente. Precisava de armadura.

Desceu a escada tentando controlar os nervos por rever Alekos. Respirou fundo e abriu a porta da sala, parando ali mesmo.

O alto executivo em seu terno caro desaparecera. Como ela, Alekos usava jeans e camiseta, o cabelo um pouco despenteado. Sua expressão era sombria.

Iolanthe fechou a porta com cuidado.

– Imagino que tenha recebido o resultado do teste de paternidade.

– Sim. – Ele passou os dedos pelo cabelo deixando-o ainda mais revolto. – Por que não me contou, Iolanthe? Naquela época?

Iolanthe piscou diversas vezes, espantada com este novo Alekos aflito que nunca vira antes.

– Já lhe comuniquei a razão.

– Mas... uma criança. Um *filho*. – Sua voz estava rouca. – Como pôde esconder uma coisa dessas de mim?

A culpa a dominou diante da emoção dele. Durante os anos, ela tratara de não pensar que estava impedindo Alekos de saber que era pai. Procurara nunca pensar nele.

– Tive medo, e era muito jovem...

– Nada disso é desculpa – interrompeu Alekos com severidade. – Sabia que isso mudaria tudo, eu garanti que mudaria naquela mesma noite. Avisei que desejava saber caso...

– E então me mandou embora. Não estava interessado em mim nem no que eu tinha a confessar. Seja justo, Alekos.

– Quer falar sobre *justiça*? – inquiriu ele quase aos berros.

Iolanthe respirou fundo.

– Não, quero falar sobre o que acontecerá a partir de agora. – Mas ele não entenderia, porque não estava interessado no ponto de vista dela. Tirara sua virgindade e a pusera porta afora. E agora tinha a audácia de culpá-la por tudo.

– Por que está aqui, Alekos?

– Quero conhecer meu filho.

A frase tão abrupta a deixou chocada. Contudo, o que esperara? Que Alekos manteria a empresa para Niko, mas que não desejaria ver o garoto? Ela soubera o risco que corria ao contar a verdade. Apenas não pensara muito nas consequências.

– Não vai me negar isso – acrescentou ele com a voz ameaçadora.

Iolanthe cruzou a sala para se sentar em um dos sofás de veludo. Suas pernas estavam bambas.

– Não negarei – pronunciou quando se assegurou que a voz estava firme. – Sabia que se revelasse a verdade você iria querer ter acesso a Niko.

– Acesso? – repetiu ele com ironia. – Acha que quero *acesso*?

Ela o fitou; sua boca estava contorcida com desdém embora continuasse lindo. A camiseta simples e cinza enfatizava os músculos do peito e o jeans desbotado delineava suas pernas. Ele irradiava uma autoridade sombria e poderosa. Apesar da inquietação, Iolanthe não pôde deixar de admirá-lo. Mas estava com *medo*.

– Pensei que era isso que você estava querendo dizer...

Alekos a interrompeu dando um passo na sua direção.

– Se acha que farei algum acordo de visitas ocasionais está mais ingênua agora do que há dez anos.

– É claro que podemos discutir um acordo – anunciou ela após uma pausa. Ele a fitava de punhos cerrados, a postura irradiando a raiva e acusação, e Iolanthe suspeitou que piorara as coisas por ter contado a verdade. Piorara muito. – Antonis, meu advogado...

– Não meta seu maldito advogado nesta conversa, Iolanthe.

Ela piscou assustada com o tom agressivo.

– Mas é claro que teremos de negociar...

– Não – murmurou ele de modo definitivo.

Iolanthe se levantou. Já não tinha vinte anos nem era ingênua.

– Não está realizando outra compra corporativa, Alekos. Não vai me amedrontar. Vamos estabelecer os termos...

– Perdeu o direito de negociar quando me escondeu a verdade por dez anos – interrompeu ele novamente, as palavras como chicotadas fazendo-a se encolher. – Não negocio certas coisas, Iolanthe. Muito menos neste caso.

Ela o encarou começando a se sentir mal. Apertou as mãos e tentou respirar.

– Precisa admitir algumas regras, Alekos. Não será bom para Niko que briguemos por qualquer coisa.

– Não brigaremos.

Ela não acreditou.

– Tudo que fizemos desde que nos reencontramos foi brigar. – Ela balançou a cabeça. Estava exausta. – Não sei por que você me despreza tanto.

Alekos não respondeu e Iolanthe o fitou, surpreendida por uma outra emoção em seu rosto. Ele parecia... arrependido.

– Não a desprezo – resmungou.

– Mas nunca fomos amigos – repetiu Iolanthe as palavras que ele dissera antes. – E pelo bem de Niko, precisamos nos entender amigavelmente, apesar de você não gostar de negociar.

– Manteremos tudo amigável – prometeu ele, e por algum motivo essas palavras causaram mais alarme em Iolanthe.

– Obrigada. – Ela esperava o próximo golpe.

– Manteremos tudo muito amigável porque não pretendo sair da vida de meu filho – explicou ele.

– Eu nunca mencionei...

– O que pensou? Que eu concordaria em vê-lo em um fim de semana ou uma noite de vez em quando?

Iolanthe empalideceu.

– Na realidade não pensei nisso –admitiu. – Não em detalhes. Só quero manter a Petra Innovation para meu filho.

Ele riu com secura.

– Pelo menos sei agora que não estava pensando em *mim*.

– Deve ser um alívio para você – retrucou ela. – Ficou claro que não desejava meu afeto...

– Há dez anos – finalizou ele. – Percebe que Niko não é apenas herdeiro da Petra Innovation, mas da Demetriou Tech também?

Chocada, Iolanthe caiu em si.

– Você o fará seu herdeiro...?

– Não tenho outro filho.

– Mas poderá se casar – protestou Iolanthe. – Poderá ter outras crianças...

– Eu me casarei – afirmou ele – e terei outras crianças, mas Niko é meu primogênito.

A ideia de que ele se casaria fez a cabeça de Iolanthe rodar, o que era ridículo. Alekos tinha 36 anos. Era evidente que se casaria, e talvez logo, talvez já tivesse uma noiva, ansiosa para se tornar Kyria Demetriou. E ela nada tinha a ver com isso.

– Parece muito seguro – comentou. – Ainda nem conheceu Niko.

– Agora sei que é meu filho.

Iolanthe tentou raciocinar.

– Mas... e sua possível noiva? Poderá esperar que os filhos que você terá com ela...

– Minha possível noiva – interrompeu Alekos com a voz cortante – desejará que Niko seja meu herdeiro.

Iolanthe o fitou sem entender.

– Como...?

– Porque – continuou Alekos – minha futura e única noiva é você.

CAPÍTULO 7

Por alguns segundos, Iolanthe pensou que Alekos estivesse brincando... No entanto, analisando seu olhar de aço, o queixo duro, os braços cruzados sobre o peito... Nada havia de engraçado nesta situação. Não era piada.

Mesmo assim, sussurrou ela:

– Não está falando sério.

– Garanto que estou.

– *Casamento?* Alekos, você nem mesmo gosta de mim.

– Colocaremos nossas diferenças de lado por causa de nosso filho.

– Porque você manda? Minha opinião não conta?

– Creio que também deseja o que for melhor para Niko.

– Chantagem emocional – declarou Iolanthe friamente. Como seu pai e Lukas haviam feito de maneira diferente, forçando-a a um casamento que não desejara. A ideia de outra união de conveniência, desta vez com Alekos, a fez se sentir fraca e enjoada. – Sabe que quero o melhor para ele. É lógico, mas casar com você não será necessariamente para o bem de Niko.

– Acho que será.

Ela começou a se irritar.

– Então acho que vamos discordar.

Encararam-se, e Iolanthe sentiu um calor percorrer suas veias fazendo-a se lembrar de como este homem a empolgara. Como fora senti-lo dentro de seu corpo. E soube naquele instante que ainda se sentia atraída, ainda sentia o mesmo desejo de dez anos atrás, só que desta vez era ainda mais inconveniente.

Passando a mão na testa, levantou-se do sofá e se afastou de Alekos, desesperada para conectar as ideias.

Casamento.

– Acabei de enterrar meu primeiro marido como sabe.

– Respeitaremos os bons costumes. Um noivado de três meses será o suficiente.

– Três meses? – Ela deixou escapar uma risada sem alegria. – Considerando que fui casada com Lukas por dez anos não é um período muito longo.

– Não esperarei mais que isso.

– Claro que não. – Ela balançou a cabeça, perplexa e cansada demais para analisar o problema. Todavia, Alekos não sossegaria. Já o conhecia o suficiente para saber disso.

– Não pode simplesmente me impor isso, Alekos, e esperar que obedeça aos seus planos imediatamente. – Ela já obedecera aos planos de outros toda a sua vida. Não podia se surpreender se nada havia mudado, *ela* não mudara, porque já estava pensando na proposta de Alekos, se é que era essa a palavra adequada. Comando parecia uma palavra melhor. Entretanto, a culpa já começava a dominá-la, murmurando que deveria fazer qualquer coisa pelo filho. Qualquer mãe faria.

– Não sei o que há para pensar – afirmou Alekos. – A solução para mim é bastante óbvia.

Ela se voltou, farta de sua inflexibilidade.

– Pode pensar assim, mas eu não penso. Talvez eu não queira me casar com um estranho, dez segundos depois de receber a proposta mais sem romantismo do planeta!

Alekos a fitou sem pestanejar.

– Não pretendi ser romântico.

Iolanthe riu sem humor.

– Percebi, obrigada.

Ele a analisou com a cabeça inclinada.

– É isso que quer? Romance? Amor?

Ela deixou escapar o ar dos pulmões. Há muito tempo não pensava em amor.

– Na verdade não. – Sua breve experiência com o amor... o amor físico... fora um desastre. E dez anos de frieza e solidão a haviam deixado muito entorpecida para esperar por mais. *E certamente não com Alekos.*

– Você amava Callos? – perguntou ele, como se isso na verdade não tivesse importância. Iolanthe desviou o olhar, não desejando revelar o sofrimento que fora seu casamento.
– Bem? – pressionou ele, e ela soube que não desistiria até saber.

– Não – respondeu. No início tentara se dar bem com Lukas, mas bastaram alguns dias para descobrir que ele não tinha o menor interesse nela. Casara-se para assegurar seu futuro na empresa de Talos, e isso era tudo.

– Ele sabia que não era o pai de Niko?

– Sim. Nunca fingi sobre isso, casou-se comigo sabendo que carregava no ventre o filho de outro homem. – E só por isso ela tentara respeitar Lukas, mas ele pouco fizera nos dez anos para manter esse respeito... ou merecer seu afeto.

– Então se casou com ele para dar um pai para Niko. – As palavras soaram como uma acusação amarga.

– Sim, e porque meu pai queria – completou Iolanthe. – Não tinha muitas opções, Alekos, depois do que você fez.

– Quer dizer depois do que *nós* fizemos.

Ela o fitou, espantada por notar a entonação. Será que ele se sentia culpado ou só estava expondo um fato?

– Sim – assegurou após uma pausa. – O que fizemos.

Alekos consentiu com um gesto de cabeça lento, nada dizendo, e Iolanthe se preparou para mais um round de briga, mais uma sequência de exigências impossíveis.

– Chegou a fazer alguma coisa com sua arte? – indagou ele de supetão, e ela piscou diversas vezes, espantada com a mudança na conversa.

– Minha arte...

– Confessou-me naquela noite que arte era seu assunto favorito, e que desejava fazer algo relevante.

Ela sorriu em dúvida.

– Fico surpresa que se lembre do que disse há tanto tempo. Eu era muito tola e jovem demais.

– Parecia determinada e esperançosa. – A voz dele era sem emoção, e Iolanthe não fazia ideia de como interpretar esses comentários.

– Acho que sim. Mas desde então mudei. – Iolanthe desejou não ter dito isso. Não era uma pessoa amarga. Pelo menos tentava não ser.

Alekos a fitou longamente, e ela se preparou para mais questionamentos sobre seu casamento.

– Posso vê-lo? – interrogou Alekos em voz baixa.

– Niko...?

– Sim.

Essa não era sua maneira arrogante de fazer pedidos, porém, uma súplica sentida que abalou Iolanthe.

– Está dormindo...

– Só deixe-me vê-lo – insistiu Alekos com a voz baixa e urgente. – Não vou acordá-lo. Mais tarde discutiremos a melhor maneira de você me apresentar. – Ele a fitou sem raiva, só com desespero.

Iolanthe engoliu em seco e depois concordou com um aceno. Já negara tanto a Alekos.

– Sim, pode vê-lo. Vou mostrar o caminho.

Em silêncio, ela abriu a porta da sala de estar e subiu a escada com Alekos a seguindo. Amara já fora se deitar e todas as luzes haviam sido apagadas, a não ser por um pequeno abajur no corredor que projetava um brilho quente e criava um clima de intimidade e aconchego.

Iolanthe estava consciente de Alekos caminhando logo atrás, e sentia o calor e a tensão de seu corpo. Lembrou-se de muitas coisas... como a pele dele era macia, como os braços fortes ao seu redor eram gentis e poderosos. Por uma noite, ela se sentira amada e importante exatamente como desejava ser. Alekos a fizera se sentir assim.

E então, depois, ele a fizera se sentir como a poeira sob a sola dos seus sapatos.

Iolanthe não podia se esquecer disso, precisava lembrar se pretendia entrar neste relacionamento para que desse certo. Encaminhou-se para a suíte de Niko e parou com a mão na maçaneta, avisando:

– Não quero que o incomode.

– Não vou acordá-lo – prometeu Alekos. – Só desejo vê-lo.

– Eu sei... – Mesmo assim, ela hesitou. Sentia que se abrisse a porta estaria dando o primeiro passo para um caminho longo e incerto, mas talvez já tivesse enveredado por esse caminho quando revelara a Alekos sobre Niko. Talvez agora não houvesse outro caminho a percorrer nem outro passo a dar. Com um breve aceno, ela concordou e abriu a porta.

O quarto estava iluminado apenas pelo luar que entrava pela janela. Não havia peças de Lego espalhadas, nenhum jogo inacabado na tela do computador. Niko detestava bagunça e adorava ver tudo em ordem.

Iolanthe observou Alekos entrar no quarto procurando a silhueta na cama de solteiro. Niko dormia de lado, as pernas encolhidas, uma mão sob a face. Parecia vulnerável, inocente, e muito jovem.

Alekos se aproximou do filho e o luar iluminou as linhas duras de seu rosto; parecia estar sofrendo e muito emocionado.

Estendeu uma mão para o rosto de Niko e Iolanthe prendeu a respiração. Se Niko acordasse... Alekos acariciou a face do menino com a ponta dos dedos, e Niko se remexeu, deixando escapar um suspiro antes de virar para o outro lado. Então Alekos recuou para as sombras, olhando em volta do quarto e depois fazendo um aceno para Iolanthe.

Ela o conduziu para fora do quarto tomando cuidado para não fazer barulho. Assim que Alekos saiu, encostou sem querer em seus seios, e o desejo a dominou.

Alekos se voltou e ficaram tão próximos que bastaria que ela erguesse o rosto para se beijarem. Iolanthe sentiu a força de seu olhar e de suas emoções como se fosse um raio laser trespassando seu corpo. Como, depois de uma década, ainda se sentia assim? E ele também sentia a julgar pelo calor em seus olhos e de como se inclinava para ela.

Não importava se dez anos haviam se passado e se um não gostava do outro. A enorme atração continuava viva.

Iolanthe afastou os olhos com esforço enquanto fechava a porta do quarto. Esse gesto cortou o clima, e Alekos se virou para a escada.

Iolanthe deixou escapar o ar dos pulmões e tratou de se controlar. Fora por pouco que não fraquejara.

Seguiu Alekos escada abaixo, esperando que se dirigisse à porta principal, contudo, ele voltou para a sala de estar. Ela o acompanhou, preparando-se para outra discussão.

– Quero ser apresentado a Niko amanhã.

– Preciso prepará-lo...

– Ainda não necessita revelar que sou seu pai – interrompeu Alekos – mas desejo conhecê-lo, conversar com ele.

Iolanthe entrou na sala devagar, a fadiga física e emocional a envolvendo, e se deixou cair sobre uma poltrona com o rosto entre as mãos.

– Estou cansada, Alekos – argumentou ao ver que a fitava com preocupação. – São onze horas e tive de lidar com tanta coisa hoje...

– Lidar com o quê?

Ela pensou no telefonema de Antonis e de sua difícil situação financeira. Se Alekos descobrisse como estava desesperada poderia pressioná-la ainda mais para se casar com ele. Sabia que ela estava ficando sem munições como seu pai ficara. Iolanthe não queria ser encurralada mais uma vez.

– Coisas... de negócios – respondeu ela. – Os bens de Lukas, seu falecimento que abalou Niko. São muitas coisas.

– Nunca disse a verdade para ele?

– Claro que não. Ele só tem 9 anos, e Lukas sempre agiu como seu pai. – Mais ou menos.

Alekos franziu a testa.

– Sabe como é difícil na minha posição saber que um homem que eu desprezava fez o papel de pai de Niko? – Respirou fundo. – Não sei se poderei um dia perdoá-la por isso, Iolanthe.

– Então é melhor não casarmos – retrucou ela. A última coisa que desejava era entrar em outro relacionamento baseado na culpa e no medo. – Mas por que despreza Lukas? Não sabia que o conhecia.

– Não conheci. Só o vi aquela vez no baile. Mas sei o que ele fez.

A inquietação a dominou.

– Do que está falando, Alekos?

Alekos a fitou por um longo momento com os olhos vazios.

– Não é a ocasião para essa conversa. Estarei aqui amanhã para conhecer Niko. A que horas ele volta da escola?

– Niko não frequenta a escola.

Ele arqueou as sobrancelhas escuras.

– Não? Por quê?

– A escola... é difícil para ele.

– Difícil? Do que está falando? Ele tem problemas? Sofreu provocações?

– Nada disso – Iolanthe apertou as têmporas com os dedos; começava a ter dor de cabeça. Como explicar Niko para Alekos? – Ele não ia bem na escola – começou devagar. – Tinha dificuldade em fazer amigos, ficar sentado quieto, e prestar atenção nas aulas.

– Então ele é mal comportado – concluiu Alekos.

– Alguns de seus professores pensavam assim – retrucou ela –, no entanto, a verdade é mais complicada.

– Então me conte.

– É difícil. Niko é apenas... diferente. Os médicos forneceram vários diagnósticos, porém, nenhum parece correto. Você entenderá quando conhecê-lo amanhã.

Alekos parecia disposto a insistir, mas, para alívio de Iolanthe, acabou apenas sussurrando:

– Então virei amanhã por volta das dez horas.

– Ele tem aulas com seu tutor até o meio-dia – explicou Iolanthe, mas ergueu a mão em um gesto pacificador. – Porém, farei que termine antes. Só quero que saiba que Niko *está* aprendendo e estudando. Ele se dá bem no seu próprio espaço. – E fora preciso muito tempo e esforço, sem falar de lágrimas e preocupações para ela.

– Conversaremos mais amanhã – advertiu ele e pareceu uma ameaça para Iolanthe.

E se Niko o rejeitasse? Seu filho era muito inteligente e criativo, entretanto, podia também se fechar e não se comunicar. Sem dúvida, Lukas nunca tivera paciência com ele... E se Alekos fosse igual? E se essa situação acabasse estourando como uma bomba no rosto dela e, pior, no rosto de Niko? Não suportaria ver seu filho sofrer de novo.

– Amanhã – reforçou Alekos, e ela aquiesceu com um gesto de cabeça.

Quando ele saiu, sentiu uma mistura de alívio e frustração; era como se a luz deixasse a sala. Deixasse sua vida.

Era perigoso pensar assim. Desejar assim. Lembrou-se daquele instante no andar de cima quando pensara que Alekos fosse beijá-la. Desejara tanto isso.

E se eles se casassem... iria beijá-la? Seria um casamento de verdade? Ela não deveria nem fazer essa pergunta para si mesma. Não podia se casar com Alekos. Ele a fizera se sentir a mais desejada das mulheres... e a mais rejeitada também. Não poderia viver naquela gangorra emocional e nem expor Niko a isso.

Contudo, tinha certeza de que Alekos não desistiria, nem dela nem do filho. De boa vontade entrara antes em uma gaiola dourada, e talvez fosse seu dever entrar em outra agora.

CAPÍTULO 8

ANSIEDADE E antecipação dominavam Alekos enquanto se aproximava da porta da casa de Iolanthe na manhã seguinte para encontrar Niko. Seu *filho*.

Ver o menino dormindo fora como um soco no coração. O cabelo escuro o havia feito se lembrar do seu quando criança. Notara um livro sobre programação de computadores atirado no pé da cama, e lembrara que costumava devorar manuais parecidos. Niko era seu filho mais do que apenas biologicamente. Já sentia uma conexão com o menino como nunca sentira com ninguém.

Sua família fora destruída quando era pequeno, seus irmãos espalhados pelo mundo após a morte do pai e entregues a parentes, sua mãe se acabara trabalhando. A palavra família nunca significara nada para ele a não ser desapontamento e rejeição.

No entanto, dessa vez, podia ser diferente. Certamente não abandonaria Niko como seus pais haviam feito de diferentes maneiras. Decidido, tocou a campainha.

A governanta que vira de passagem na noite anterior abriu com o rosto enrugado cheio de desaprovação, fazendo um ligeiro cumprimento de cabeça.

– Kyrie Demetriou.

– Vim ver Iolanthe e Niko.

A mulher comprimiu os lábios.

– Que negócios têm com minha patroa? – inquiriu de supetão, e Alekos retrocedeu, surpreso e afrontado pela indagação insolente.

– Creio que não é da sua conta.

– Preocupo-me porque ela já passou por muitas coisas nos últimos dez anos – declarou a governanta. – E parece que o senhor só irá lhe trazer mais sofrimento.

– Não tenho a menor intenção de fazer isso – garantiu Alekos, apesar de ficar um pouco abalado com as palavras da mulher. Percebeu que pouco sabia sobre o casamento de Iolanthe. Ela confessara que não amara Lukas, mas será que Lukas a amara? Ou teria sido apenas um casamento de conveniência... Lukas se casara com a filha do patrão e em troca aceitara sua criança bastarda? Mas Alekos no momento não queria pensar no casamento dela. Era incrível que após dez anos em um só dia pudesse sentir tantos ciúmes.

Iolanthe o encontrou na sala de estar onde o vira na noite anterior, mas agora, em vez da aparência displicente com jeans e camiseta, usava calça comprida de corte perfeito e uma blusa de gola alta. Eram roupas que sem dúvida considerava apropriadas para enfrentar uma conversa com Alekos. Prendera o cabelo com uma fivela e usava apenas batom. Estava nervosa, mas Alekos também. Iria conhecer seu filho.

– Mencionei a Niko que você é um amigo – adiantou Iolanthe sem rodeios – e que se interessa por computação. Ele adora.

– Perfeito.

Iolanthe entrelaçou os dedos e o fitou com ansiedade.

– Já avisei que Niko é um pouco diferente...

– Sim, eu sei. – Alekos ergueu a mão para fazê-la se acalmar. – Deixe-me conhecê-lo, Iolanthe, e eu mesmo farei meu julgamento.

Ela aquiesceu com um gesto de cabeça e respirou fundo.

– Muito bem.

Alekos sentiu a estranha necessidade de tranquilizá-la, abraçá-la. Estava espantado ao perceber como isso seria natural; tomá-la nos braços e acariciar seu cabelo. Murmurar que tudo ficaria bem, que tomaria conta dela.

Balançou a cabeça para clarear os pensamentos ridículos. Queria se casar com Iolanthe por causa de Niko, todavia, não pretendia se preocupar com ela. Não se envolveria emocionalmente. Seu único interesse era no filho.

– Onde ele está?

– Lá em cima no computador. É melhor subirmos.

Outra vez subiram a escada, agora iluminada pelo sol da manhã. Alekos aproveitou para observar o ambiente; podia se aprender muito sobre as pessoas analisando sua moradia. Ali as pinturas eram valiosas e a mobília de estilo. Mas tudo parecia indiferente. Era um lar de pessoas ricas e importantes, porém, sem calor e aconchego.

– Niko...? – Iolanthe chamou batendo à porta do quarto do menino. – Lembra que avisei sobre a visita de Alekos para conhecê-lo? – Lançando um sorriso rápido e nervoso para ele, abriu a porta e entrou.

Alekos a seguiu com o olhar pregado no garotinho sentado em frente ao computador, a expressão fechada e preocupada.

– Ei. – Iolanthe sorriu e se postou de lado para que Alekos pudesse se adiantar. – Este é Alekos. Um amigo.

Niko fitou o estranho em silêncio. Alekos notou com um aperto no coração que o menino tinha olhos castanhos dourados, muito parecidos com os seus. Era magro, mas Alekos também fora na sua idade. Uma das mãos pousava no teclado em um gesto possessivo.

– Conheceu meu pai? – interrogou.

– Nunca fomos apresentados – respondeu Alekos se esforçando para soar tranquilo. A última coisa que queria era falar sobre Lukas.

– Trabalha com computação?

– Sim – Niko o fitou rapidamente e logo desviou o rosto como se estivesse constrangido na presença do estranho. Alekos tentou não se magoar com a rejeição. Estava muito vulnerável para este encontro. – Sua mãe me contou que é fã de computação?

– Sim. – Niko já se concentrara novamente na tela, e começou a teclar, claramente dispensando Alekos.

– Niko... – começou Iolanthe. – Alekos está aqui para conversar com você...

– Não quero conversar com ele.

Alekos prendeu a respiração diante de tamanha rudeza. Iolanthe parecia triste, mas não surpresa. Então seu filho *era* malcriado.

– Alekos veio até aqui...

– Não quero. – Niko falou com irritação e sua mão se crispou sobre o teclado. Alekos podia perceber a tensão no corpo do garoto; ele quase vibrava.

– Tudo bem – Iolanthe o acalmou. Lançou um olhar de desculpas e pânico para Alekos que sentiu haver algo acontecendo que não entendia.

– Podemos conversar mais tarde – comunicou sem obter resposta. Niko começara a oscilar para frente e para trás, um dos braços magros passado pelo corpo.

Iolanthe deu um passo na direção do filho.

– Está tudo bem, Niko. Não precisa mais conversar. – Colocou a mão em seu ombro e o menino se encolheu quase gritando:

– *Pare.*

– Desculpe. – Ela mordeu o lábio e se afastou. – Volto mais tarde, OK?

Niko não respondeu. Iolanthe fez um sinal para Alekos e saíram da sala.

Alekos aguardou até descerem para fazer a pergunta que o atormentava:

– Qual o problema com ele?

– Não *diga* isso. – Iolanthe se voltou de supetão com expressão selvagem, a voz estrangulada. Alekos piscou diversas vezes como se tivesse levado uma chicotada.

– Lamento. Não quis...

– Quis, sim – retrucou ela. – Sabe quantas vezes já ouvi essa indagação? Como as pessoas olham para ele? – Respirou fundo e Alekos percebeu que ia chorar. Sentiu remorso.

– Iolanthe...

– Não. – Ela ergueu uma mão para mantê-lo a distancia, embora Alekos não tivesse se movido. – Não questione o que há de errado com ele, não conclua que é rude ou mal-educado ou seja lá o que pensa. Você parecia... enojado. – A voz dela tremeu na última palavra.

– Não é isso – replicou Alekos com calma, ainda envergonhado. – Talvez tenha ficado surpreso e desapontado. Acho que tive a ilusão de um encontro melhor. Amigável. – Pelo menos polido. – Ainda não compreendo.

Iolanthe afastou uma mecha de cabelo para trás da orelha e deixou escapar o ar dos pulmões. Estava mais controlada, embora pálida.

– Avisei que ele era diferente.

– Sim, mas não entendo o que isso significa.

– Na verdade ninguém entende – admitiu ela com um suspiro. – Niko visitou muitos neurologistas, psiquiatras e terapeutas durante os anos. Cada um deu seu diagnóstico diferente, mas nenhum se encaixa.

– Então há anos você percebeu que havia um problema, certo?

– Sim, desde que ele era pequeno. Até como bebê... tinha dificuldade em se ligar a mim... era impossível amamentá-lo no peito, e jamais gostou de abraços ou carinhos. Durante os primeiros três meses de vida chorou sem parar. – Iolanthe falava sem emoção, recitando esses fatos como se não tivessem importância, entretanto, Alekos sabia que sofria muito.

– E mais tarde? – quis saber.

Iolanthe suspirou mais uma vez e sentou em um sofá, a cabeça inclinada de modo que Alekos só via sua nuca. Teve vontade de tocá-la e massagear os músculos tensos do pescoço, mas não se moveu.

– Mais ou menos a mesma coisa. Ficou no berçário por algum tempo, mas não conseguia se relacionar com as outras crianças. – Balançou a cabeça, recordando. – Fazer amizades sempre foi muito difícil para ele. Não impossível, porque naquela época começou a fazer terapia a fim de descobrir o problema. Estabelecer uma rotina facilitou as coisas e, enquanto foi crescendo, Niko foi monitorado para não ser grosseiro nem agressivo. – Ergueu para Alekos os olhos marejados de lágrimas. – Melhorou muito, mesmo que para você não pareça.

– Não faria tal julgamento.

– Já fez – replicou ela com voz cansada sem acusar, mas, mesmo assim, Alekos sentiu remorso.

– Desculpe. Não deveria ter feito esse comentário.

– Não foi o primeiro. E também lamento. Não deveria atirar minhas frustrações em cima de você. É que essa situação acontece há muito tempo.

– Compreendo.

Iolanthe o brindou com um sorriso de agradecimento que apertou o coração de Alekos. Sentia-se agradecida por aquele farrapo de conforto? Então percebeu que estavam tendo uma conversa civilizada e *importante*. Ver Iolanthe tão cansada e triste o fez entender que desconhecera muitas coisas sobre sua vida.

– Conte mais – pediu, sentando ao seu lado.

– O que quer saber?

– Não sei. – Deu de ombros. – Qualquer coisa. Quero entender.

Ela apertou os lábios com o olhar distante.

– Alguns médicos sugeriram que ele tinha autismo, contudo, nem todos os sintomas se encaixam no diagnóstico clássico. É claro que existem gradações, no entanto, outros médicos não concordaram com autismo nem eu concordei. Outros ainda sugeriram se tratar de um distúrbio sensorial, mas, nem todos os sintomas se encaixavam também nessa classificação. – Ela suspirou. – Por fim, rotularam Niko como tendo TGD e encerraram os diagnósticos.

– TGD?

– Transtornos Globais de Desenvolvimento. Um diagnóstico que serve para tudo. – Seu sorriso era de partir o coração. – Nós dois tentamos levar a vida avante da melhor maneira possível. Tirá-lo da escola ajudou... era muita pressão para Niko ter de fazer amizades e proceder dentro dos padrões. Ele se dá muito bem com o tutor.

– E onde está essa pessoa? Pensei vê-lo aqui hoje.

– Encerrou as aulas mais cedo por causa da sua visita.

Alekos franziu a testa.

– Será que foi uma boa ideia? Se a rotina é tão importante para Niko...

– Por favor, não me questione – alertou Iolanthe com a voz irritada. – Sei que gosta de controlar, dar as ordens. Mas, *por favor,* acredite que faço uma ideia melhor do que você sobre como lidar com o meu filho.

– *Nosso* filho. E só o compreende melhor porque fui mantido longe de sua vida até agora – replicou Alekos sem se conter, e Iolanthe recuou.

– Sempre irá jogar isso na minha cara? – interrogou ela com calma.

– Não. – Ele respirou fundo. – Mas é difícil aceitar e perdoar.

– Você já enfatizou isso. – Iolanthe se levantou com resolução. – Então deve perceber que não faz sentido nos casarmos. Estaríamos discordando o tempo todo, discutindo e reabrindo velhas feridas um no outro.

– Espero que sejamos maduros o suficiente para não agir assim.

– Não seria um bom ambiente para Niko – persistiu Iolanthe. – Ele capta esse tipo de clima. As tensões o afetam muito.

Alekos se controlou mantendo a voz baixa para dizer:

– Então teremos de fazer um esforço conjunto para não criar tais tensões em nosso lar.

Iolanthe deixou escapar uma risada sem alegria, caindo de novo sobre o sofá e balançando a cabeça.

– Falar com você é como falar com um muro de pedra. Só me deixa cansada e magoada.

– Deve parar de considerar nossas conversas como batalhas – sugeriu Alekos e Iolanthe ergueu os olhos com impaciência.

– Então a culpa é minha? Claro. Algumas coisas nunca mudam.

Falava com amargura, o que o fez pensar. Sem dúvida, os dois não tinham tanta convivência para Iolanthe se expressar com tanto cinismo, tinham? A que se devia esse sarcasmo?

– Não quero que se culpe, Iolanthe. Mas acredito que um filho deva ficar com os pais. *Ambos.* – Alekos sentiu a emoção na própria voz e isso o irritou. Detestava ser emotivo.

Iolanthe o fitou com uma curiosidade cansada.

– Parece que fala com experiência.

– Sim. Meu pai partiu quando eu era criança e depois me separei de minha mãe.

– Lamento. – A expressão de Iolanthe se suavizou com tristeza ou mesmo piedade, coisa que Alekos não suportava. – Deve ter sido muito duro.

– Foi o que tinha de ser. – Alekos afastou o assunto desagradável de sua infância e deu de ombros. – Mas não quero o mesmo para Niko.

– Ele não suporta perturbar a rotina, Alekos...

– E essa é uma justificativa para afastar o pai da vida dele? – retrucou. – Rotinas devem ser alteradas. É um fato da vida. Não pode manter Niko na sua torre de marfim para sempre.

– Você não sabe...

– Talvez saiba mais do que pensa. Talvez eu entenda a problemática de Niko...

– Entende? – ela parecia não acreditar.

– Ele é meu filho. E cresceu com um homem que não era seu pai, assim como eu cresci. – De repente uma dúvida o assaltou. – Callos fora bom com Niko?

Iolanthe desviou os olhos.

– Lukas... tentou – sussurrou.

– Tentou? O que isso quer dizer?

– Sabia que Niko não era seu filho biológico... – As palavras eram um suspiro miserável, confirmando as suspeitas de Alekos de que o casamento dela fora infeliz, e o deixando furioso.

– Ele sabia disso quando se casaram. Nunca deveria ter casado com você se não podia tratar Niko como filho. – Alekos já odiava Lukas Callos, mas o ódio aumentou ao pensar que Callos não apenas fora um canalha que copiava as ideias dos outros como também não fora um bom pai.

– Talvez Lukas achasse que poderia ser um bom pai – justificou Iolanthe. – Não posso culpá-lo.

– E por que não?

– Porque se casou comigo sabendo o que eu havia feito – admitiu Iolanthe. – O que foi mais do que muitos homens fariam.

A culpa corroeu Alekos como ácido.

– Você fez sexo – declarou. – Algo muito desculpável no século XXI.

– Indesculpável no mundo em que fui criada – corrigiu Iolanthe. – Não importa como o resto das pessoas pensem. – Suspirou. – Mas estávamos falando de Niko .

– Quero passar mais tempo com ele.

Mesmo ao falar, sabia que visitas programadas na casa de Iolanthe não seriam suficientes. Queria um ambiente onde pudesse conhecer Niko bem... assim como Iolanthe. Agora que conhecera o filho não podia aceitar um acordo frio como planejara de início. Também não sabia que tipo de relacionamento poderia ser, mas precisava de tempo para refletir. Todos precisavam de tempo... Como um trio carinhoso. Para se tornarem a família que lhe fora recusada quando era criança.

– Vamos embora – proferiu de repente, e Iolanthe arregalou os olhos, espantada. – Nós três. Para algum lugar onde possamos ficar sozinhos em privacidade. Niko terá tempo de me conhecer, nós três nos conheceremos e decidiremos sobre o casamento.

Não permitiria que Iolanthe tomasse essa decisão sozinha... era muito importante para deixar a cargo das emoções. Mas talvez algumas semanas sozinhos fariam Iolanthe se lembrar do que haviam vivido.

A chama continuava acesa. Alekos sentira isso quando passara por ela e tocara sem querer em seu seio com o braço. Sentia agora, ainda que estivessem discutindo. Tudo que precisava fazer era tornar a chama uma fogueira. A paixão era uma boa base para o casamento. Melhor do que a indiferença.

– Já lhe afirmei que Niko não...

– ... se dá bem com quebras na rotina, sim, mas ele precisa de férias.

– Nunca vamos a lugar algum.

A primeira impressão de Alekos estava caindo por terra. Iolanthe não tivera uma vida de mimos, viagens e eventos sociais.

– Então na verdade não sabe se Niko gostaria de férias – enfatizou. E ganhou. – Dê essa chance para nós três, Iolanthe, por certo eu mereço.

A culpa surgiu em seu rosto e ela deixou os ombros penderem.

– Muito bem – murmurou, e Alekos se sentiu triunfante. Não permitiria que Iolanthe ou seu filho escapassem outra vez.

CAPÍTULO 9

Iolanthe se inclinou para frente com as mãos no parapeito do iate de Alekos, e ergueu o rosto para a brisa marítima. Temera estas poucas semanas com ele não apenas por Niko, já que ele naturalmente resistiria a qualquer mudança, mas por ela mesma. Algumas semanas na companhia de Alekos e sua resolução de ser forte e independente começaria a ruir. Ela sentia isso e sabia.

Mesmo assim, estava aproveitando o momento com o sol quente e o ar marítimo no rosto. O Mar Egeu se estendia à sua frente feito um cobertor ondulado azul-esverdeado; Alekos avisara que sua ilha particular ficava a algumas horas do continente.

De modo surpreendente, Niko logo se adaptara, embora um pouco preocupado, a respeito dessas súbitas férias. Neste instante, sentava-se sob um toldo no deque com o laptop aberto e trabalhava em seus projetos.

Com o rabo do olho Iolanthe viu Alekos se aproximar do menino tranquilamente. No mar, com o cabelo ao vento e a pele bronzeada sob o sol da Grécia, Alekos era tão maravilhoso quanto parecera no escritório em Atenas, usando um terno elegante. Agora, usava bermuda e uma camiseta branca que o vento colara ao seu corpo enfatizando os músculos peitorais e fazendo Iolanthe se lembrar de quando os acariciara.

A lembrança a fez estremecer mesmo que um calor traiçoeiro percorresse seu corpo. Dez anos depois, Alekos continuava lindo e devastadoramente sexy, quem sabe ainda mais do que fora quando ela não passara de uma garota inocente.

Esforçou-se para não tentar ouvir a conversa entre os dois, mas, na verdade, não havia muito para ouvir. As perguntas serenas de Alekos eram respondidas com monossílabos tensos, e Niko não tirava os olhos do computador.

Talvez ela não devesse ter permitido que o filho trouxesse o laptop na viagem, porém, sabia que funcionava como um salva-vidas para ele e que lhe dava confiança. Longe de seu computador, Niko era uma criança insegura e avessa à sociedade. No ciberespaço, idealizando aplicativos e interagindo on-line, era um menino genial.

Alekos deixou Niko com seu laptop e juntou-se à Iolanthe no deque, o que a fez ficar alerta. Ela o viu apoiar as mãos na balaustrada... mãos fortes e morenas que havia acariciado seu corpo.

– Isso é fantástico – sussurrou ela sem fitá-lo. – Um iate... uma ilha particular... – Desde a hora em que Alekos fora buscá-los nesta manhã, ela e Niko estavam mergulhados no luxo, começando pela limusine com vídeo e minibar até ao deslumbrante iate que os levava agora para a ilha de Alekos. Iolanthe suspeitava que o tratamento fora do comum fosse o que estava abrandando Niko e o fazendo admitir a transição do seu conforto habitual para o desconhecido. Até o momento, ele estava concordando com tudo, embora Iolanthe soubesse que era bom desconfiar desse comportamento e não pensar que seria sempre assim. De qualquer modo, estava surpresa e gostando deste descanso.

– Pensei que estivesse acostumada ao luxo – comentou Alekos. – Como filha única de um homem muito rico e depois a esposa de outro milionário...

– Lukas não era tão rico – corrigiu Iolanthe sem se conter.

Alekos franziu a testa.

– O que quer dizer?

– Não importa – cortou ela. Não desejava dar detalhes sobre o estado precário de seus assuntos financeiros particulares. – De qualquer modo, nunca viajei nem experimentei este tipo de luxo. Não que seja uma pobre menina rica chorando sobre o que não tive – esclareceu. – A propriedade no campo onde cresci era maravilhosa.

– E ficou lá durante toda a sua infância?

– Sim, exceto pela viagem a Atenas. Meu pai queria me manter protegida. – Torceu a boca. – Era muito antiquado.

– Sente saudades deles? – inquiriu Alekos, e Iolanthe percebeu uma entonação que não conseguiu definir. Mas não gostou.

– Sim, embora às vezes pense que sinto mais falta do que *poderíamos* ter tido se... se as coisas fossem diferentes.

– Quer dizer se nós... – Ele fez um gesto abrangendo os dois e Niko.

– Sim. – Iolanthe mordeu o lábio. – Ele estava tão zangado e desapontado a meu respeito, e não creio que possa culpá-lo, mas, mesmo assim, ele amava Niko.

Sorriu para o filho curvado sobre o laptop.

– Só por isso nada tenho contra meu pai, e Niko o adorava. – A esporádica atenção que Talos dava ao neto fora um bálsamo diante da contínua rejeição de Lukas. – Sua morte afetou muito Niko.

Alekos ficou calado por um instante, com o olhar velado sobre o mar.

– Sua mãe morreu quando você era muito pequena – declarou por fim.

– Sim. Como sabia disso?

– Li em uma revista de finanças. – Ele torceu a boca. – O título da matéria era: "Talos Petrakis Homem de Família".

– Ele era mesmo um homem de família – defendeu Iolanthe. Não estava gostando do tom de Alekos. – Só que muito tradicional. – E ela tentara se rebelar contra os deveres que o pai lhe impusera. Mesmo assim, não admitia que Alekos o criticasse pelo bem de Niko e dela própria.

Alekos concordou com um aceno e apertou o parapeito.

– É claro – disse sem parecer que acreditava. – De qualquer modo, deve ter sido difícil crescer sem mãe.

– Jamais conheci outra realidade. – Ela o fitou para analisar seu estado de humor. Alekos parecia relaxado quando viera ao seu encontro, mas agora estava tenso. – Pelo que mencionou na outra noite, você cresceu sem pai nem mãe.

– Correto. – Ele soou como se Iolanthe tivesse dado a resposta certa para um teste de matemática.

– Deve ter sido muito difícil para você – insistiu Iolanthe, refletindo como conhecia pouco este homem... e como desejava conhecer. Compreendê-lo um pouco melhor os ajudaria a lidar um com o outro... fosse lá para aonde isso os levasse.

– As coisas são como são – murmurou ele fitando o horizonte.

– Você já avisou isso com outras palavras, mas nada significa. – Alekos deu de ombros. Sem dúvida não gostava de falar de si mesmo ou pelo menos de sua infância. Ela decidiu mudar de assunto. – Fez algum progresso com Niko?

– Um começo. Ele é cauteloso comigo. Quase desconfiado.

– É cauteloso com todo mundo. Não deve pensar que é só com você.

Alekos consentiu com um gesto de cabeça lento, mas a resposta não pareceu satisfazê-lo. Preocupada, Iolanthe refletiu se ele teria empenho em mudar Niko ou corrigi-lo. Queria que Alekos aceitasse o filho e o amasse como era, entretanto, sabia que levaria tempo.

– Então me conte aonde iremos – pronunciou tentando parecer animada. – Só sei que é uma "ilha particular" e nada mais.

Alekos girou para ela sorridente, e por um segundo Iolanthe se sentiu presa ao seu olhar, voltando dez anos no tempo. Envergonhada diante da admiração masculina dele, precisou se lembrar de que no momento a situação era bem diferente. *Ela* estava diferente.

– Creio que uma ilha particular no Mar Egeu é bem parecida com outra qualquer – zombou ele com uma risada.

– Não saberia dizer.

O sorriso se transformou em expressão de surpresa.

– Mas você esteve na ilha de Callos, não?

– Não. Era apenas um local para negócios. Para entreter clientes, esse tipo de coisa. Pertencera a meu pai que a deu a Lukas antes de morrer. Contudo, nunca funcionou como uma propriedade familiar.

Alekos franziu a testa.

– Mas estava na sua família há gerações.

– Parece saber muito sobre a minha família – replicou Iolanthe com a voz mais agressiva do que desejara.

– Não quanto pensei saber. – Ele a fitou pensativamente.

– Você achou que eu fosse uma princesinha mimada – suspirou Iolanthe olhando para o mar. – Creio que de certa forma tinha razão. Meu pai era severo, mas, por crescer no campo, eu desfrutava de muita liberdade e conforto apesar de ser solitária, no entanto, desde que me casei com Lukas... – Ela apertou os lábios sem querer falar de seu casamento. A infelicidade que crescera cada vez mais até se tornar um câncer que tudo envenenara.

– Você não foi feliz no casamento – declarou Alekos, e Iolanthe balançou a cabeça sem falar, Não confiava na própria voz.

Alekos segurou sua mão sobre o gradil, o que a fez estremecer da cabeça aos pés.

– Este é um novo começo, Iolanthe, deverá ser. Para todos nós.

Ela o fitou consciente do calor de sua pele.

– Você precisa de um novo começo?

– Quero um com você e Niko.

Desconcertada com a surpreendente honestidade dele, Iolanthe retirou a mão que ele segurava.

– Vou ver como Niko está.

Alekos fitou o menino sempre imerso no seu laptop.

– Ele está bem...

Iolanthe não respondeu, apenas correu para o filho. O que Alekos queria dizer com um novo começo para todos? O que estaria planejando? Quando propusera casamento para ela imaginara uma união sem amor, apenas por conveniência, como fora seu casamento com Lukas.

Todavia, por um instante, sentindo a mão de Alekos sobre a sua, pressentira que ele estava sugerindo algo diferente. Algo a mais, que evocava a primeira noite mágica. E sua alma desesperada ansiava por isso.

– Como vai o aplicativo? – indagou se sentando no banco em frente a Niko. – Ainda seguindo zumbis?

Niko balançou a cabeça.

– Já acabei aquele.

– Que faz com seus aplicativos, Niko? – Iolanthe não entendia muito bem o mundo do filho, ignorava sobre jogos on-line e tudo o mais. Mal usava o celular; tinha poucas amigas para quem ligar. Cuidar de Niko e ser esposa de Lukas limitara muito sua vida social.

Niko deu de ombros.

– Nada de mais. Mostro para algumas pessoas on-line.

– Talvez possa comercializá-los – sugeriu Iolanthe. – Vendê-los por meio da Petra Innovation.

Niko deixou os ombros pender lançando um olhar sombrio para a mãe antes de afastar o rosto.

– Papai não se interessava por eles.

Iolanthe sentiu um nó na garganta e engoliu em seco.

– Eu me interesso, Niko. – Exceto que talvez não tivesse mais a Petra Innovation para ajudá-lo a desenvolver seus interesses e ambições. – E acho que Alekos vai se interessar – acrescentou. – Por que não mostra para ele?

Niko relanceou um olhar para Alekos que ainda estava junto ao parapeito do iate, e balançou a cabeça.

– Não.

Iolanthe decidiu não insistir. Sabia que Niko temia a rejeição assim como ela. Alekos podia estar levando os dois para sua ilha particular, entretanto, ela ainda desconfiava do que iria exigir deles a longo prazo. E se, depois de alguns dias, Alekos se cansasse? Ficasse impaciente com as manias de Niko e se entediasse com ela? Iolanthe tratou de se lembrar que estavam se entendendo em comparação com o último encontro.

Tentando ignorar o nervosismo, sorriu para o filho e o deixou com o seu laptop. Trouxera um livro, mas não se sentia disposta a ler. Fechou os olhos, tentando apreciar o sol em seu rosto e apenas existir.

Ela devia ter cochilado, porque a próxima coisa que percebeu foi Alekos de pé ao seu lado, bloqueando o sol, uma mão em seu ombro.

– Vai se queimar.

Iolanthe abriu os olhos e o fitou meio tonta. Com o sol às suas costas, ele parecia mais alto, sombrio e sexy. Ela balançou a cabeça para afastar as teias de aranha do cérebro.

– Estou debaixo do toldo.

– O sol já se moveu. Vai ficar com uma faixa vermelha no rosto se não tomar cuidado.

– Apliquei bloqueador solar – resmungou ela, mas se moveu sob o toldo. Não gostava da ideia de ficar ridícula com queimaduras de sol.

– O almoço estará pronto dentro de minutos – avisou Alekos se sentando no banco ao lado. Sua coxa roçou a dela e só isso já a deixou fervendo. Iolanthe se debateu entre a ideia de se afastar um pouco ou ficar imóvel como se não tivesse notado.

– Quando chegaremos à ilha?

– Dentro de mais ou menos uma hora. – Ele sorriu para o filho. – Ainda navegando na internet, Niko? – pronunciou alto e com displicência, mas Iolanthe notou a preocupação em seus olhos e sentiu o músculo rijo de sua perna ao lado. Alekos queria se conectar com Niko.

– Sim. – Niko não olhou para Alekos, e Iolanthe sabia que não contava sobre seus aplicativos porque temia zombaria e desdém. A rejeição silenciosa de Lukas deixara marcas.

O membro da equipe de Alekos, que providenciava discretamente tudo do que precisavam no iate, chamou-os para o deque da popa onde fora posta a mesa para um almoço maravilhoso.

– É surpreendente – sussurrou Iolanthe enquanto Alekos puxava a cadeira para ela. Observou os patês e quitutes, as várias saladas e uma travessa com carne assada.

– Pode começar – afirmou Alekos com animação enquanto abria uma garrafa de vinho e enchia o copo de Iolanthe.

Ela riu em dúvida.

– Estamos no meio da tarde...

– E estamos celebrando. – Ele a fitou e Iolanthe viu expectativa e calor. A certeza de que ele ainda a desejava e que algo de bom poderia acontecer entre os dois acionou um alarme no seu cérebro e um calor pelo corpo.

– Então por que não ? – murmurou ela, aceitando o copo.

Alekos se sentou em frente e serviu a todos, questionando o que Niko preferia, mantendo a conversa alegre e amena. Iolanthe observou com o rabo de olho a tensão deixar seu filho aos poucos. Ele não falou muito e comeu pouco, mas já era um progresso.

Após comerem, Niko foi se sentar mais distante no deque da popa, fitando a espuma do mar.

Iolanthe o observou com satisfação.

– Você conseguiu arrancá-lo da frente do laptop – comentou.

– Creio que isso se deve mais ao cenário do que a mim – respondeu Alekos, fazendo um brinde e se recostando na cadeira.

Iolanthe já estava relaxada e um pouco tonta por causa do vinho. Após o constante estresse dos últimos meses... ou anos, para ser honesta... era maravilhoso se sentir assim.

E o cenário era *de fato* incrível... Céu de anil, sol dourado, e a água da cor de água-marinha para onde quer que se olhasse.

– Mesmo assim, é uma bênção – argumentou tomando mais um gole de vinho que parecia borbulhar. – E aprendi a não encarar as bênçãos com pouco caso. – Falou sem pensar, relaxada demais para controlar a própria língua; Alekos a fitou com atenção.

– Como aprendeu isso, Iolanthe?

Algo no modo como pronunciou seu nome devagar a fez estremecer. Só por vê-lo ali sentado com a camiseta que moldava seu torso e a bermuda que enfatizava as pernas longas e musculosas, o vento o descabelando, a fazia tremer sem parar. Ele era tão *lindo* com a pele bronzeada, os olhos que pareciam de topázio, e a incrível aura de poder. Fitou seus dedos que seguravam o copo e se lembrou deles acariciando seu corpo, tocando-a em lugares secretos. Tratou de desviar o olhar depressa.

– Creio que se chama amadurecer – respondeu ela com um sorriso seco. – Acontece com todo mundo.

– Talvez – aquiesceu ele – mas algumas pessoas precisam amadurecer mais depressa que as outras.

– Como você? – Preferia falar dele. Estava curiosa sobre seu passado e sobre as poucas referências que fizera.

– Sim, creio que precisei amadurecer mais depressa – admitiu ele com a voz cuidadosa.

– Conte-me. Considerando nossa... situação deveríamos saber mais um sobre o outro.

Alekos deu a impressão de querer resistir, porém, viu Niko fitando a água e interrogou com relutância:

– O que deseja saber?

– Confessou que foi afastado de seus pais quando criança.

Ele acenou bruscamente.

– Meu pai partiu quando eu tinha 4 anos.

– Quer dizer... ele simplesmente foi embora?

– Exatamente. – Alekos deu de ombros, girando o copo entre os dedos enquanto fitava o líquido vermelho. – Muitos homens fogem da responsabilidade da família. Não pretendo ser um deles.

A culpa a atingiu como uma flecha dolorida.

– Foi o que você declarou...

– Quando? – inquiriu ele interrompendo.

– Naquela noite. – A lembrança pareceu tomar conta do ambiente e dominá-la com o desejo. Como podia ser tão forte depois de tantos anos? Depois de toda a tristeza? Mas talvez sua reação diante de Alekos fosse apenas porque não sentia desejo nem recebia atenções masculinas há muito tempo. Desde que casara com Lukas.

– Sim, eu disse isso – concordou ele enquanto a fitava. – E falei sério.

– Desculpe – sussurrou ela. – Não fazia ideia de seu passado...

Ele balançou a cabeça.

– Não contei sobre meu passado, e a verdade é... – Ele voltou a fitar o copo com expressão sombria. – Não tive pena de você na ocasião, nem naquela noite nem depois.

O coração de Iolanthe acelerou. Jamais esperara que Alekos, tão frio e arrogante, admitisse isso. Decidindo que o clima precisava ser mais leve, ela sorriu.

– Espere aí. Foi um pedido de desculpas?

Ele sorriu também de modo lento e sensual.

– Mais ou menos.

– Aceito. Obrigada. – Iolanthe respirou fundo. – E eu também não fui caridosa com você quando escondi minha gravidez. Desculpe também.

– Aceito.

Seria assim tão fácil? Haviam se desculpado, superado o passado e começado do zero? Será que ela queria isso? Confusa com os próprios sentimentos tumultuados, Iolanthe tomou mais vinho fitando o horizonte em vez de Alekos para não demonstrar seu desejo.

– Você mencionou que sua mãe não ficou...?

Alekos se remexeu na cadeira.

– Minha mãe fez tudo que podia, contudo, não dava conta de todos nós.

– Todos vocês?

– Tive... tenho... três irmãos. Fomos separados quando eu tinha 6 anos e enviados para parentes distantes ou lares adotivos.

Iolanthe o fitou, chocada.

– Não puderam mantê-los juntos?

– Não havia dinheiro ou meios para o Estado tomar conta de quatro crianças.

– Isso é terrível. – Iolanthe balançou a cabeça devagar. – Para aonde você foi?

– Uma família me adotou. Boa gente. Forneciam roupas e alimento e me faziam ir à escola.

Mas não lhe davam amor, refletiu Iolanthe. Alekos crescera sem amor ou afeto.

– E seus irmãos?

– Perdemos contato através dos anos. De início, os assistentes sociais tentaram nos manter próximos, mas é fácil perder contato quando se é criança, e com a morte de minha mãe nos afastamos mais ainda. – Ele suspirou. – Uma de minhas irmãs foi adotada. Meu irmão teve problemas com a justiça. Além disso... – Deu de ombros sem continuar.

– Quer dizer que não sabe o que aconteceu com eles? Nunca mais os encontrou?

– Não. – A voz de Alekos soou dura. – Nunca tentei muito porque suspeitava que não desejavam ser encontrados. Mas também não me procuraram.

– Que tristeza. – Iolanthe sentiu um nó na garganta. Não era de admirar que Alekos desejasse ser um bom pai para Niko. – Sinto muito.

Ele tornou a dar de ombros.

– Segui em frente.

Mas será que alguém conseguia seguir com esse tipo de mágoa no coração? Iolanthe resolveu alegrar o clima, limpou a garganta e tomou mais vinho.

– Estou impaciente. Quando chegaremos a esta sua ilha particular?

– Estamos quase lá. – Alekos se levantou com agilidade e Iolanthe percebeu que estava tão constrangido com a conversa quanto ela. – Veja. – Alekos pegou sua mão e a levou até Niko. – Veem aquele borrão verde no horizonte? – perguntou para os dois.

Iolanthe estreitou os olhos.

– Sim... É a sua ilha? Parece bem grande.

– Alguns quilômetros quadrados.

– Uau. – Iolanthe viu a faixa verde se aproximar, e logo ela e Niko notaram as rochas, os ramos retorcidos das oliveiras, e uma linda faixa de areia branca.

Alekos Demetriou era um homem bem-sucedido, refletiu Iolanthe, enquanto o iate seguia para o cais. Um homem rico. Uma casa de pedras brancas cercada pelo mar surgiu com inúmeras janelas com sacadas e parapeitos de ferro repletos de flores.

Logo desceriam do iate, e Niko estava nervoso. Iolanthe compreendia; ela também estava nervosa. Tocou seu ombro com delicadeza para acalmá-lo, mas o menino se afastou e enfiou as mãos nos bolsos do short, encolhendo os ombros.

Alekos notou a mudança no filho e ficou ao seu lado.

– Por que você e sua mãe não dão uma volta pela villa? – sugeriu. – Podem escolher seus quartos. Minha equipe cuidará das malas.

Grata por Alekos compreender que Niko precisava de espaço, Iolanthe desceu do iate e começou a galgar os degraus encravados na rocha. Niko a seguiu, olhando em volta com os olhos arregalados.

Uma governanta esperava à entrada no térreo; devia ter sido prevenida por Alekos, porque, após as boas-vindas, os deixou por conta própria. O vestíbulo da casa era enorme e arejado com claraboias que permitiam a entrada da luz do sol, e uma escadaria dupla conduzia ao primeiro andar.

Iolanthe fitou Niko.

– O que quer ver primeiro?

Niko acenou para as escadas e, com um misto de animação e nervosismo diante desta nova aventura, Iolanthe subiu com o filho.

CAPÍTULO 10

O SOL começava a desaparecer no mar sereno quando Alekos emergiu na sacada da suíte principal e deixou escapar o ar dos pulmões com frustração.

Deixara Niko e Iolanthe sozinhos nas últimas horas, pressentindo que ambos precisavam de tempo para se adaptarem sem interferências. Observara os dois de longe há uma hora quando haviam deixado a villa para visitar a piscina e o jardim; ouvira a risada rouca de Iolanthe, que lembrava dez anos atrás e que ainda o fazia estremecer.

Aquele dia inteiro fora um teste de resistência observando Iolanthe, vendo-a relaxar com os olhos brilhando. Usava um vestido simples de alças que enfatizava a pele macia e as curvas suaves, e ele ansiara por tocá-la.

Ainda ansiava. E embora tentasse convencer a si mesmo que iria devagar, considerando seu recente luto, seu corpo dizia outra coisa. Ela era a mãe de seu filho. Seria sua esposa, e a química entre os dois era tão potente como antes. Por que não desfrutarem dessa atração?

Pedira um jantar íntimo no terraço depois que Niko fosse dormir, e estava impaciente para ficar a sós com Iolanthe, por mais que uma enorme insatisfação o dominasse. Não era apenas a necessidade sexual reprimida... Deus sabia como sentia isso... mas uma insatisfação misteriosa que o consumia enquanto Iolanthe e Niko passavam o tempo sozinhos, longe dele, porque ele ainda não fazia parte de seu círculo. Os três ainda não eram uma família.

E por isso estavam ali, lembrou Alekos. Para consolidar seu relacionamento. Só precisava ser paciente.

No entanto, ainda que tivesse aceitado as desculpas de Iolanthe, a injustiça ainda o atormentava. Ele sabia o que era se sentir à parte de uma família, ficar sempre de fora. Havia sido assim na infância, ciente de que não passava de um dever para a família que o adotara e nada mais.

Seus pais adotivos o tratavam bem, todavia, centenas de pequenas coisas o haviam feito entender que aquela não era a sua família e nunca seria. Nunca tivera uma festa de aniversário, nenhum agrado especial, nada de abraços ou conversas na hora de dormir como faziam com seus irmãos adotivos. Sentira todas essas coisas, mas já esperara por elas. Jurara deixar aquela família assim que pudesse, e quando o fizera sentira que fora um alívio não só para ele, mas para os outros também.

Olhando para trás podia entender melhor agora... Fora uma criança séria e estudiosa, mas silenciosa e sombria, arredia a aproximações. Não que os pais adotivos tentassem se aproximar, porém, ele odiava se sentir um intruso e, no momento, detestava ainda mais essa sensação com Niko, seu próprio filho... e tudo porque Iolanthe mantivera segredo. Ele lhe comunicara que era difícil esquecer, e era verdade. No íntimo não podia perdoar mesmo desejando.

Respirou fundo. Viu Iolanthe e Niko passando pela piscina infinita em direção à villa; em breve se juntaria a eles, em breve teria Iolanthe para si e talvez sua inquietação desaparecesse.

Uma hora mais tarde, as sombras invadiam o terraço, a não ser pelas velas que brilhavam; Iolanthe passou pelas portas-janelas e foi encontrá-lo.

Alekos se virou notando os movimentos dela, o vestido que dançava a cada passo. Iolanthe usava algo mais formal de algodão cru e renda, o cabelo estava solto, negro e ondulado sobre os ombros, e Alekos jamais a vira tão bela. Mais do que aos 20 anos, jovem, infantil e inocente.

Agora era uma mulher, o rosto um pouco mais marcado, a experiência refletida no olhar, e ele percebeu que se sentia mais atraído do que antes.

– Como está Niko? – indagou, entregando um copo à Iolanthe.

– Acabei de colocá-lo na cama. Está exausto depois de tanta atividade. – Tomou um gole e arregalou os olhos . – O que é isto?

– *Agiorgitiko*. Mistura de suco de frutas, rum e vinho tinto. Especialidade da ilha.

– Delicioso. – Ela tomou mais um gole, sorrindo e fazendo Alekos ansiar por beijar seus lábios. – Obrigada. Tudo aqui é fantástico. – Acenou abrangendo toda a ilha: villa, piscina, jardim e praias rochosas. – Acho que será bom para Niko ficar aqui. Estávamos muito presos à rotina em Atenas.

– Como assim? – Alekos colocou a mão em suas costas e a guiou para o parapeito com vista para a piscina infinita, as águas plácidas reluzindo com as primeiras estrelas no céu.

Iolanthe ficou em silêncio, pondo em ordem os pensamentos. Alekos manteve a mão em suas costas e a sentiu estremecer.

– Tudo era tão difícil – anunciara ela após um instante. – Lutas com Niko... e com Lukas. – Mordeu o lábio como se estivesse arrependida do que proferira, e Alekos sentiu ciúmes e vontade de protegê-la ao mesmo tempo. Odiava pensar em Iolanthe com Lukas, entretanto, percebia que odiava mais ainda saber que ela sofrera com o outro. – Era mais fácil simplesmente não sair de casa. Niko tinha o tutor, e Lukas estava sempre trabalhando. Eu não tinha muitas amigas ou compromissos sociais. – Deu de ombros. – Creio que teria sido melhor que eu e Niko saíssemos mais. Forçá-lo a deixar a concha. Na verdade, forçar nós dois.

– Mas disse que a escola era difícil para ele.

– Sim, contudo, ele gosta de outras coisas, nadar, por exemplo. Costumava levá-lo à piscina pública quando não estava muito cheia. Niko está ansioso para dar um mergulho amanhã. – Acenou para a piscina infinita. – E museus. Ele adora estudar objetos, memorizar suas histórias. Visitamos a primeira vez o Museu de História Natural em Kifisia quando ele era pequeno. Não me lembro de quando paramos de ir lá. – Suspirou com remorso e franziu a testa. – De repente tudo se tornou demais.

– Então fico feliz de estar fornecendo algo novo para Niko. – Alekos queria alegrar Iolanthe. – E para você. – Refletiu antes de falar. – Não me parece que os últimos dez anos tenham sido felizes para você.

Ela afastou o rosto. E tomou outro gole de vinho.

– Aprendi a me contentar com o que tinha – murmurou por fim.

– Não parece muito encorajador.

Iolanthe deu de ombros.

– Conforme você mencionou, as coisas são como são. Sabia que meu casamento não seria por amor.

– Afinal, por que Callos casou com você? – questionou ele com calma, embora no íntimo se atormentasse. – Foi de fato só para assegurar o lugar na empresa de seu pai?

– Sim. Garanto que não me amava.

– E por que você se casou com ele?

Choque e desagrado a fizeram franzir os lábios.

– Precisa perguntar isso, Alekos? Estava grávida.

– Eu teria me casado com você – declarou ele em voz baixa – se tivesse me contado...

– Então vai voltar a me culpar? Você nunca prometeu que se casaria comigo, apenas que enfrentaria suas responsabilidades. Como eu poderia saber o que isso significava? Talvez quisesse pagar por um aborto.

Alekos recuou, chocado e insultado.

– Jamais iria sugerir tal coisa.

– Mas eu não sabia. E quando fui procurá-lo você me apavorou. Parecia me odiar, Alekos, e meu pai insistindo para que me casasse. Não tive escolha... – Ela piscou para deter as lágrimas e desviou o rosto. – Não faz ideia de como foi.

– Iolanthe... – A culpa o dominou e ele segurou o braço dela, mas Iolanthe o afastou.

– Nunca deveria tê-la colocado naquela posição – sussurrou ele. Ficara tão zangado quando a revira depois, no entanto, fora uma raiva direcionada para Talos e sua injustiça. Jamais deveria ter descontado em Iolanthe.

– Não sei por que estamos falando disso! – vociferou ela. – Pensei que já tínhamos superado e nos desculpado.

– Sim, mas simples desculpas não apagam uma década de dor e tristeza. Essas feridas são difíceis de cicatrizar.

– Difícil para você – corrigiu ela. – Não consegue me perdoar, consegue? Porque não lhe contei sobre Niko. – Fitou-o com a mesma honestidade de dez anos antes, Alekos desviou os olhos.

Como responder? Perdoar não fazia parte de sua natureza. Ele alimentara o rancor contra Talos Petrakis porque era sua característica. Vingança sempre fora sua meta, sua bússola. E não sabia como mudar.

– Quem cala consente – acabou Iolanthe por dizer com um suspiro de resignação.

– Ainda estou digerindo tudo isso – respondeu ele, respirando fundo para fazer a próxima indagação, mesmo que a resposta o magoasse:

– Insisto em saber. Lukas... foi um bom pai para Niko?

Iolanthe ficou em silêncio por tanto tempo que Alekos enrijeceu em pânico.

– Sei que isso o tortura – murmurou ela com compreensão. – Creio que de início ele tentou, mas...

Alekos enrijeceu ainda mais não querendo nem precisando ouvir aquilo, todavia encorajou:

– Mas o quê? – acabou perguntando em voz baixa.

– Os dois nunca tiveram afinidade – admitiu Iolanthe. – Lukas pode ter tentado um pouco no início mas, como eu já afirmei, Niko era um bebê difícil. Tinha cólicas constantes, e Lukas não suportava o choro. Ele se afastou de nós dois, e dormia no apartamento da empresa a maioria das noites.

Alekos aguardou um momento para se acalmar e indagou:

– E mais tarde? Quando Niko cresceu?

– Não superou a verdade de que Niko não era seu filho – confessou Iolanthe em um murmúrio. – Passou a ignorá-lo ainda mais, assim como me ignorava. De início Niko tentou se aproximar. Ambos amavam computadores e tecnologia, e isso poderia uni-los. Porém, Lukas nem tentou e o afastou. Sua rejeição magoou Niko profundamente. – Uma lágrima escorreu por sua face e ela a enxugou com uma risada trêmula. – Não sei por que estou me descontrolando agora...

– Eu queria que você contasse. Desejo saber.

– Sinto-me culpada – afirmou Iolanthe, atormentada. – Às vezes me questiono se não deveria ter sido corajosa e ter ficado sozinha com Niko em vez de lhe arrumar um pai que não lhe dedicava atenção. Se tivesse sido mais segura, não teria me casado com Lukas. Teria me arranjado sozinha e procurado a aventura da qual lhe falei. – Sorriu, mas Alekos sentiu tristeza. – Quem sabe então... Niko tão teria os problemas que tem hoje.

Alekos se aproximou.

– Não pode se corroer de remorso – contestou, afagando seu cabelo enquanto Iolanthe se apoiava nele. – Precisa olhar para o futuro. – A sensação de seus corpos juntos quase o fez perder o controle. Desejava erguer o rosto dela e beijá-la, enxugando as lágrimas com seus lábios. Entretanto, Iolanthe precisava de conforto e compaixão neste instante, não de sexo.

– Acho que está certo – sussurrou ela sem se mover.

Mas estaria mesmo? Alekos refletiu que por quatorze anos permitira que o passado o guiasse e controlasse, moldando cada ação que tomava, até este momento. Mas, ao contrário de Iolanthe, não sentia remorsos. Petrakis merecera que sua empresa fosse destruída. Afinal, obtivera parte de seu sucesso com o trabalho duro de Alekos. Até então não podia se esquecer disso. *Especialmente* agora.

Talos Petrakis conspirara para lhe tirar o filho e seu negócio; o velho poderia ter contado a Iolanthe a verdade sobre o que acontecera, e deixá-la decidir com quem se casar naquela época.

Você vai culpar Petrakis também pelas suas falhas? Foi você quem afastou Iolanthe. Quem a mandou ir embora.

Talvez ela tivesse percebido sua tortura mental porque se afastou e virou o rosto.

– É estranho ser confortada por você – comentou.

Alekos se encolheu como se tivesse levado uma bofetada.

– Posso entender.

– É preciso certo nível de confiança para isso – explicou Iolanthe sem olhá-lo. – E a confiança deve ser conquistada... por nós dois.

Ele detestava pensar que falhara com ela. *Novamente*. Então declarou:

– É por isso que estamos aqui. Para nos conhecermos. Para aprendermos a confiar um no outro.

– Sim – concordou Iolanthe, mas não pareceu convencida. Dez anos era muito tempo... para os dois.

– Vamos jantar – sugeriu Alekos para aliviar o clima; tomou-a pela mão até a mesa com toalha de linho e peças de cristal e prata; a governanta, Eleni, aguardava para trazer o primeiro prato.

Iolanthe examinou a mesa com castiçais e velas, a garrafa de vinho gelando em um balde de prata, e comentou:

– Que lindo. Muito... romântico. – Proferiu a última palavra depressa, relanceando um olhar para Alekos.

– Por que não aproveitarmos a companhia um do outro? Fizemos isso uma vez.

– Parece que foi há um século.

– Então precisamos mudar isso – retrucou Alekos, afastando a cadeira para ela se sentar.

IOLANTHE ESTAVA tensa. Já sofria o estresse de ter acompanhado Alekos à ilha desconhecida, e havia ainda Niko, exausto e ansioso, e fora difícil levá-lo para a cama. Contudo, esta nova tensão sexual que invadia ela e Alekos... era mais sufocante que tudo o mais combinado.

Sentou-se enquanto ele abria o guardanapo em seu colo, encostando a mão em sua coxa. O coração de Iolanthe acelerou e ela fechou os olhos por um segundo.

– Alekos...

– Aproveite esta noite, Iolanthe – cortou ele com a voz acariciante. – Parece que teve poucas diversões nesses últimos anos.

Passou para o outro lado da mesa e sentou tranquilo, seguro, e positivamente letal. Como Alekos conseguia transformar uma simples camisa branca aberta no pescoço e uma calça preta em algo tão sexy? Essas roupas fariam Lukas parecer um garçom, no entanto, Iolanthe não podia comparar seu falecido marido com o homem à sua frente. De jeito algum. Alekos superava Lukas em tudo.

– Minha vida não foi assim tão triste – tratou de dizer enquanto a governanta se aproximava com salada de pepino e queijo feta. – Também tive meu quinhão de felicidade.

– Não quis dizer que não teve – replicou Alekos –, mas parece que seus momentos de felicidade foram limitados... por escolha ou necessidade.

Iolanthe concordava. A casa onde morara com Lukas era luxuosa, vivia cercada por conforto, todavia, cada peça fora imposta por um decorador e não era do seu gosto. Além disso, ficava tão sozinha ali... apenas ela e Niko tentando preencher os dias.

– Tem razão – admitiu ela – E você? Era feliz há dez anos? – Parecia uma pergunta inocente, mas Alekos franziu a testa como se ela tivesse indagado algo muito íntimo. Iolanthe enrijeceu mais uma vez; não suportava esta gangorra de emoções tanto para ela quanto para ele. Estava muito atenta a cada mudança de humor dele. Sensível demais. E isso a assustava, porque se era assim agora como seria se passasse a se importar totalmente com ele? Casasse com ele?

– Nem sim nem não – respondeu Alekos, fazendo Iolanthe retornar ao instante presente. Ficou contente por vê-lo relaxado de novo, e relaxou também. – Estava começando minha empresa, o que era bom, mas tinha muitas preocupações.

– A Demetriou Tech.

– Sim.

– Bem, sem dúvida trabalhou muito e foi muito bem-sucedido.

– O sucesso para mim é importante.

– Por causa de sua infância? – interrogou ela, fazendo Alekos ficar sombrio.

– Sim – respondeu ele, mas Iolanthe sentiu que ocultava alguma coisa. Havia muitas coisas que Alekos não lhe contava. Ela supunha e fantasiava, mas ainda não o conhecia de verdade. Entretanto, como ele advertira, talvez a ilha fosse para que se conhecessem melhor... Se conseguissem esquecer as velhas mágoas.

A conversa permaneceu leve e amena até o fim do jantar delicioso. Fora uma das melhores refeições de Iolanthe, e se recusava a terminar a noite, embora precisasse dar uma olhada em Niko.

– Obrigada – disse. – Foi maravilhoso.

– Sim – concordou ele. Levantou-se e deu a volta à mesa para afastar a cadeira de Iolanthe. Ela tomou sua mão, antecipando as faíscas de desejo com o toque, mas Alekos a puxou para si, e ficaram abraçados.

– A noite não precisa acabar agora – murmurou ele. – Aqui.

Ela o fitou com alarme ao notar o brilho de desejo em seus olhos e que Alekos não tentava esconder.

Fitou a boca de Iolanthe que entreabriu os lábios em um convite. Há tanto tempo não era beijada.

– Está mais adorável do que nunca – sussurrou Alekos e, como fizera há dez anos, acariciou sua face com o polegar, fazendo-a estremecer. – Tão linda.

– Mencionou essas mesmas coisas há dez anos – lembrou ela sem afastar os olhos dele. Alekos colocou o polegar sobre sua boca.

– Lembro. Era linda então, Iolanthe, e mais agora. Desejo-a mais do que antes, se é que isso é possível.

Ela riu, tentada e apavorada ao mesmo tempo.

– Não podemos...

Ele calcou o polegar sobre sua boca.

– Por que não?

– É cedo demais. Muita coisa. Há algumas horas falávamos de confiança. Agora já quer dormir comigo?

– Não me diga que não quer isso – retrucou ele com a voz rouca de desejo, apertando mais os braços a sua volta.

– Quero. Claro que sim. – Ser tocada e acalentada outra vez... Como resistir? – Mas quero manter a sanidade mental, pois sei que no momento não é uma boa ideia. – Com esforço se afastou dele. – Precisamos ir com calma, Alekos, para o meu bem e o de Niko. Não posso... passar novamente pelo que passei.

– Não vou magoá-la, Iolanthe.

– Não tenho certeza de que pode fazer essa promessa agora. – Ela deu uma risada nervosa. Seu coração disparara e desejava voltar a abraçá-lo. Fazia tanto tempo...

Porém, a lembrança do que sofrera a fez resistir.

– Quando casarmos – anunciou Alekos – espero que compartilhe minha cama.

– Quando casarmos? – repetiu ela enquanto o desejo a abandonava. – Parece muito seguro de si, Alekos. – Mas não era nenhuma surpresa. – Pensei que o objetivo desta visita à ilha fosse nos conhecermos melhor. Para decidirmos *se* devemos casar.

– Não – retrucou ele sem hesitar. – Foi para nos ajudar a nos conhecermos *antes* de casarmos. Já lhe assegurei que não negocio com isso, Iolanthe.

CAPÍTULO 11

Iolanthe se preparou para esbravejar com a atitude insolente de Alekos, mas deteve-se. Estava cansada demais para discutir, e a viagem à ilha era para criar confiança, não brigar.

– Não vou discutir com você – esbravejou com dignidade. – Basta dizer que não estamos na Idade Média e não pode me arrastar até o altar.

Ele endureceu o queixo.

– Jamais faria tal coisa, mas pensei que tínhamos um acordo. O que é melhor para Niko...

– Isso ainda precisa ser decidido. Agora vou me deitar. Sozinha – acrescentou, no caso de ele ter ideias a esse respeito. Os olhos de Alekos brilharam de impaciência e ela acenou bruscamente. – Obrigada pelo maravilhoso jantar, e por tudo. Estar aqui... – Fez um gesto abrangendo todo o ambiente, tentando sufocar a raiva de Alekos e reaver parte da intimidade que haviam compartilhado antes. – Só me dê tempo.

A expressão dele não mudou, e retrucou:

– Acho que é isso que estou fazendo.

Suspirando, Iolanthe se voltou e rumou para o quarto.

Ele não conseguia dormir. Alekos permanecia deitado na cama king size que, sem dúvida, era destinada para duas pessoas, os braços atrás da cabeça enquanto olhava para o ventilador de teto que rodava vagarosamente com reflexos do luar.

A noite não terminara como planejara ou esperara. Tudo ia tão bem... ao segurar Iolanthe nos braços sentira que ela cedia. Ela o desejava para ser confortada e ter prazer.

E ele queria lhe dar essas duas coisas. Queria Iolanthe na cama... e a desejava ainda agora com muita força. Mas, no transcorrer da noite, descobrira que gostava de conversar com ela também. Estava interessado em suas ideias e admirava o caráter forte que ela desenvolvera para sobreviver a dez anos de um casamento infeliz e emergir sorrindo.

Embora talvez seu casamento não tivesse sido tão infeliz como ele imaginara. O ciúme era um sentimento desconfortável, e Alekos não estava acostumado com isso, mas agora sentia ciúme de várias maneiras... ciúmes de Lukas Callos por ter Iolanthe e Niko quando ambos deveriam ter pertencido a ele.

Mas talvez seja culpa sua se assim não foi.

Talvez se tivesse sido mais bondoso com Iolanthe quando ela fora procurá-lo poderiam ter chegado a um entendimento. Teriam se casado, mesmo contra a vontade de Talos. O velho ficaria furioso e seria mais uma vingança para Alekos.

Contudo, a inquietação o dominava. Ouvira a tristeza na voz de Iolanthe quando falava de Talos. Isso dificultava que ele lhe contasse a verdade sobre seu pai, mas se não contasse Iolanthe jamais entenderia o que o motivara a agir como agira, e jamais saberia como ele fora injustiçado.

No entanto, talvez não precisasse entender. Seus interesses comercias nada tinham a ver com sua vida pessoal, e a Petra Innovation estava acabada de qualquer maneira. Alekos não deixaria a empresa do rival prosperar. Seu filho Niko herdaria sua Demetriou Tech, a empresa que ele construíra com suas próprias mãos, e que levava o *seu* nome. Jamais permitiria que Talos Petrakis, mesmo do túmulo, obtivesse mais alguma coisa dele.

Respirando fundo, Alekos fechou os olhos e tentou dormir. Paciência. Era disso que precisava no instante.

Estava adormecendo quando um grito agudo cruzou o ar. Alekos se sentou na cama de supetão, o coração aos pulos diante do terrível som. Mais uma vez ouviu o grito, ainda mais agudo e torturado. Deixou a cama, vestiu a calça do pijama, e rumou para o corredor.

O som vinha do quarto de Niko, e ao se aproximar ouviu a voz abafada de Iolanthe que tentava acalmar o menino. Alekos se arrepiou com o alarme.

Abriu a porta do quarto devagar, espiando lá dentro e vendo o luar que banhava as duas silhuetas na cama: Niko sentado com a boca aberta e gritando de terror, e Iolanthe ao lado, o cabelo como uma nuvem escura cobrindo seu rosto enquanto murmurava palavras de conforto.

– O quê...? – começou Alekos, e ela se voltou, um dedo sobre os lábios, pedindo silêncio, o olhar firme.

Alekos se calou. Sem dúvida era uma situação conhecida para ela, e isso o fez se sentir ainda mais desconfortável. Que demônios misteriosos Niko enfrentava para gritar daquele modo?

Pareceu que um século se passou até que o menino começou a se acalmar, mas na verdade apenas dez minutos haviam se passado. Alekos observou Iolanthe fazer o filho deitar para cobri-lo, acariciando seu cabelo com a ponta dos dedos, um sorriso triste curvando sua boca adorável e escurecendo seu olhar.

Niko adormeceu com um suspiro, e Iolanthe ficou sentada na beira da cama por mais um momento, os ombros caídos como se carregasse um peso conhecido. Depois se endireitou, ergueu o queixo, e caminhou até Alekos.

– Agora ele vai dormir – sussurrou passando por ele enquanto Alekos sentia o perfume de baunilha em seu cabelo, e apreciava a camisola modesta, todavia erótica, que ela usava... de seda e rendas que acariciavam suas curvas.

Fechou a porta e inquiriu em voz baixa:

– Por que ele estava tão agitado?

– Terrores noturnos. Ele nem estava totalmente acordado. Não há como acalmá-lo nesses instantes, só se pode esperar que terminem.

Alekos a fitou, chocado, repetindo:

– Terrores noturnos? Com que frequência isso acontece?

– Estavam se tornando raros – respondeu Iolanthe com a voz trêmula – até que Lukas morreu. Então passaram a ser mais frequentes.

Alekos franziu a testa tentando sufocar a raiva que sentia de Lukas e de sua indiferença para com Niko.

– Mas pensei que Lukas não tivesse muito vínculo com Niko. O menino sente saudades dele? É por isso que...?

– Não sei. Talvez seja apenas a mudança. Niko não lida bem com mudanças. E a morte é uma mudança definitiva.

Alekos consentiu com um gesto de cabeça, desejando poder fazer alguma coisa.

– Detestei ouvi-lo gritar assim.

– Entendo. Também fico em farrapos, mas acho que já me acostumei. – Ela o fitou com os olhos cinzentos e tristes. – Deve ter sido um choque para você. Desculpe.

O fato de esta mulher que sofrera tanto, e em grande parte por culpa dele, estar neste momento tentando confortá-lo fez Alekos lutar para responder. Sentia-se humilde diante da dignidade e força de Iolanthe, e desejava de sua parte confortá-la também. E, acima disso tudo, havia a compreensão constrangedora de que não queria *sentir* essas coisas.

– Iolanthe... – começou, e não conseguiu continuar porque estava muito emocionado. E isso o apavorava. Iolanthe percebeu e fez um gesto... Alekos não tinha certeza... mas de repente ele abriu os braços e a abraçou, encontrando sua boca.

Iolanthe aceitou sem hesitação, e nada pareceu mais natural do que tê-la em seus braços de novo. Esperara dez anos por isso, só não percebera antes.

Alekos aprofundou o beijo, deslizando a mão pela camisola de seda e segurando seu seio. Ela apertou o corpo contra o dele enquanto se beijavam sem parar como duas pessoas sedentas. Ele deslizou a mão do seio para o quadril de Iolanthe, erguendo a camisola para sentir sua pele. E quando o fez ficou ainda mais inflamado; a pressão dos quadris e coxas o fez se inclinar para frente com um desejo avassalador.

– *Alekos*. – Iolanthe afastou a boca com um gemido, soltando-se do abraço, de modo que em um instante Alekos se sentiu no paraíso e no outro seguinte nas trevas. – Não... devemos – murmurou ela, ajeitando a camisola. Ele se encostou à parede com o coração pulando no peito, o sangue martelando suas têmporas. Via claramente que ela também estava excitada... o rosto corado, os lábios inchados pelos beijos, os olhos reluzentes com o desejo que os envolvia.

– Não negue que deseja isso – pronunciou ele.

– Não nego – admitiu ela. Como poderia? – Mas isso não significa que é a hora e o lugar certo, ou... – Mordeu o lábio. – ... que deva acontecer desse jeito.

Alekos deixou escapar uma risada incrédula.

– Iolanthe, jamais senti isso com qualquer outra mulher. A química sexual entre nós é explosiva. – Estendeu a mão para tocar sua pele cremosa outra vez. – Por que nos negar isso?

– Porque a gratificação sexual não é o início nem o fim de um relacionamento – respondeu Iolanthe. – Sei muito bem, Alekos, e certamente vivo sem isso há muito tempo.

Ainda que fosse a última coisa que desejava saber, Alekos se viu questionando:

– Você e Lukas...?

Ela enrubesceu.

– Nunca tivemos esse tipo de relacionamento.

– *Nunca*? – Alekos a fitou sem acreditar e depois sorriu como um bobo.

Iolanthe percebeu.

– Você parece um homem das cavernas – brincou com humor. – Lukas não me queria desse modo.

– Sem dúvida era louco.

– Não, apenas focado. No trabalho. De qualquer modo, eu nunca o quis sexualmente. Vai ficar satisfeito em saber que foi meu único amante.

– Fico honrado – admitiu Alekos – mas também me alegro, sim. Não queria que ninguém a possuísse.

– E se eu pensasse o mesmo a seu respeito? – desafiou ela.

– Admito que nesses dez anos tive outras mulheres. Não muitas, e certamente não na quantidade que você imagina, Iolanthe.

– Não fiquei surpresa. Tínhamos terminado antes mesmo de começar.

– Mas estamos recomeçando agora – corrigiu ele com inflexibilidade. – Passamos muito tempo olhando para trás.

Quero olhar para frente, para o futuro, e construir esse futuro com você. Não irei pressioná-la, mas também não fingirei. Quero você na minha cama. Quero sentir seu gosto, tocar seu corpo. E, mais do que tudo, quero possuí-la como daquela vez... Aquele momento ficou em minha mente durante todos esses anos. Jamais senti com outra uma fração sequer do que senti com você, e quero sentir novamente. Em breve e sempre.

Ela arregalou os olhos e comentou:

– Não poderia ter sido mais claro.

– Bom. – Ele a trespassou com seu olhar. – Porque não desejo deixar dúvida a esse respeito.

A MANHÃ seguinte despontou clara e quente. Iolanthe ficou deitada, aproveitando o sol que entrava pela janela enquanto seu corpo estremecia ao se lembrar dos beijos da noite anterior. E as coisas que Alekos confessara... palavras tão fortes quanto seu toque.

Seria apenas porque ela ansiava pela afeição de um homem há tanto tempo? A declaração clara de Alekos a deixara muito excitada. *Em breve e sempre*. Ela o afastara na noite anterior, mas sentia o mesmo que ele. Desejava-o com a mesma intensidade.

Deitou de bruços, abraçando o travesseiro enquanto ignorava o calor que a invadia, imaginando que Alekos a tocava mais uma vez, as mãos em cada curva de seu corpo, levando-a ao ápice de prazer que só vivenciara uma vez na vida.

Ouviu lá fora o rumor de água e, feliz pela distração, levantou-se e abriu as venezianas descortinando a piscina e os jardins com o mar a distância.

Surpresa, viu Niko e Alekos na piscina. Era tão raro que o menino se entrosasse com alguém, em especial com alguém que mal conhecia. Bom sinal.

Com os cotovelos no peitoril, ela os observou por um instante; Niko sentado na beira da piscina com os pés na água, Alekos ao lado.

O sol delineava seu tórax musculoso que parecia esculpido por deuses. Alekos tinha um físico perfeito e o calção de banho exibia as coxas poderosas.

Iolanthe suspirou. Como resistir? *Por que resistir?*

Talvez o sexo fosse a base para construírem um relacionamento confiável. Exceto que não funcionara da primeira vez. Sendo uma garota ingênua de 20 anos pensara que sexo com Alekos significava um grande elo entre os dois, mas estivera errada. E não queria cometer o mesmo engano outra vez... por mais que estivesse tentada.

E Alekos nada oferecia *além* de sexo, lembrou. Nem amor, entrega ou intimidade emocional. Sempre que falava da própria infância ou de qualquer coisa importante era relutante e fechado. Será que ela desejava viver com um homem que se mantinha tão distante?

– Ei.

Ela retornou ao momento presente e piscou diversas vezes, espantada, vendo Alekos que lhe sorria.

– Por que não desce e se junta a nós?

Uma onda de prazer a dominou com a ideia dos três se divertindo juntos. Como uma família.

– OK. – Correu para vestir um maiô.

Minutos depois desceu para o terraço, tímida com seu modesto tankini que exibia seu corpo. Alekos nem se importou em disfarçar a admiração e fitou seus seios e coxas com um sorriso.

– Gosto de vê-la assim – disse em voz baixa para que Niko, que batia os pés na água, não o ouvisse. – E iria gostar mais se estivesse usando um biquíni bem reduzido.

– Não vai gostar de ver as estrias – riu ela. Seu corpo após o parto já não era tão juvenil como aos 20 anos.

– Estrias podem ser sexy – replicou Alekos, rindo com malícia. – Especialmente quando sei que surgiram porque você carregava meu filho. – Enquanto Niko olhava para o outro lado, ele a acariciou entre as pernas. – É bom pensar nisso e imaginá-la esperando outro filho meu.

– Alekos. – Escandalizada e surpresa, Iolanthe se afastou. – Por favor...

– Já avisei que não vou fingir – retrucou ele. – Não é assim que se conhece outra pessoa? Com sinceridade?

– Sim... – Iolanthe ganhou tempo ajeitando a toalha sobre uma cadeira no deque. Não sabia o que Alekos sentia. Sim, ele a desejava. E queria fazer parte da vida de Niko, o que era compressível, mas e os sentimentos? Ainda mal se conheciam, e mesmo que em parte desejasse mergulhar na aventura e no que Alekos oferecia, seu bom senso a fazia recuar para permanecer segura e não se magoar mais uma vez.

CAPÍTULO 12

UMA SEMANA transcorreu em um turbilhão de dias ensolarados. Passavam muito tempo ao lado da piscina, e os silêncios cautelosos de Niko logo se transformaram em uma camaradagem tímida e prudente. Ainda passava grande parte do tempo sozinho, e fazê-lo conversar requeria bastante esforço, mas Iolanthe via como o filho começava a se abrir, o que a enchia de alegria e esperança.

Conhecer Alekos também a deixava muito feliz. No transcurso da última semana, ele fora paciente, atencioso, engajado e atento com ela. Iolanthe não estava acostumada a ter alguém que a ouvisse com verdadeiro interesse ou que fosse prestativo sobre pequenas coisas como puxar uma cadeira para ela sentar ou lhe trazer um drinque, fazendo perguntas e querendo sinceramente ouvir as respostas.

Alekos tinha um surpreendente senso de humor também, e sabia rir de si mesmo. Iolanthe dera mais gargalhadas na última semana do que em toda a sua vida.

E, é claro, havia os beijos. Cavalheiro, Alekos não a pressionara mais, entretanto, sempre que tinha oportunidade a beijava. Longos beijos nas sombras ou encostados a uma parede, e outros mais breves à luz do dia, na praia ou no terraço. Beijos que faziam sua alma cantar. Iolanthe se sentia a adolescente que nunca fora, roubando carícias e dando risadinhas travessas. Sentia-se feliz e livre.

Após uma semana na ilha, Alekos a presenteou com um caderno de desenho e um sortido material de pintura. Iolanthe olhou para aquilo tudo sem acreditar.

– Onde você...?

– Em Naxos. Há uma pequena loja de artigos de pintura lá.

Iolanthe pegou um dos pinceis sentindo sua maciez.

– Deve ter comprado a loja inteira.

– Mais ou menos – sorriu Alekos. – Quero que se divirta e redescubra suas paixões. – Seus olhos brilharam com humor. – Todas elas.

– Começarei por desenhar – replicou Iolanthe com ar severo, contudo, no íntimo, estava achando graça. Era perigoso se sentir tão contente. Esperar tanto. Fora tão feliz com Alekos nesses últimos dias, no entanto, mesmo em meio a tantos instantes maravilhosos percebia como ele se fechava quando ela fazia indagações pessoais. Alekos gostava de vê-la falar de si mesma, todavia, não retribuía. Iolanthe refletia se deveria ser paciente ou se estava perseguindo algo que jamais encontraria.

Não querendo pensar nisso, passou a manhã desenhando na praia enquanto Niko e Alekos se divertiam na água. Ela gostava de ver o filho começando a ter esperanças feito ela... mas e se essa bolha encantada estourasse no nariz dos dois? O que aconteceria se permitissem que Alekos entrasse em suas vidas e tudo acabasse pior que antes?

Alekos saiu do mar com gotas escorrendo pela sua pele bronzeada, e fazendo com que as dúvidas de Iolanthe voassem para longe como um bando de pássaros. Ela sorriu passeando o olhar de admiração pelo seu tórax.

– Gosto quando me olha assim – sussurrou ele se estirando sobre a areia ao lado dela. – Gosto muito.

Iolanthe corou e desviou o rosto para sorrir para Niko.

– Está se divertindo? – interrogou, animada, e o menino acenou de leve enquanto se sentava mais distante, contente por poder ficar sozinho.

– Passo a passo – murmurou Alekos, enquanto Iolanthe o fitava com gratidão.

– Estou feliz que seja tão paciente.

– Aprendi a ser paciente há muito tempo.

– Como assim? – inquiriu ela curiosa.

Alekos apertou os lábios e algo brilhou em seus olhos de modo misterioso, o que fez Iolanthe lembrar que ainda não conhecia aquele homem por mais que se esforçasse.

– Alekos...?

– Não é importante – ele balançou a cabeça e sorriu para Niko. – Que tal velejar hoje?

O rosto do menino se iluminou.

– No iate novamente?

– Não, em um barquinho. Você poderá assumir o leme, Niko.

Passaram a tarde velejando, aproveitando o sol e o mar, e o barco pequeno não permitiu que Iolanthe conversasse em particular com Alekos ou que o beijasse. A cada dia tomava mais coragem para lhe dizer que desejava mais do relacionamento que apenas beijos... embora admitir isso a deixasse apavorada.

Também só faz uma semana. Está pronta para confiar nele?

E não apenas com o seu corpo, mas com o coração. Iolanthe sabia que se desse um daria o outro também.

Cansado após a tarde no mar, Niko jantou cedo e foi logo para a cama. Iolanthe subiu para lhe dar boa-noite, e sentou na beirada da cama, ansiando que o filho quisesse um abraço.

– Está feliz aqui, Niko? – quis saber, e ele a fitou com cautela.

– Sim... mas logo iremos embora, não?

Surpresa, ela recuou.

– Quer ir embora?

Niko deu de ombros.

– Não podemos ficar aqui para sempre.

Não, porém, a volta para a vida real não era atraente. Quando retornasse à Atenas Iolanthe sabia que teria de lidar com todos os problemas que deixara para trás... como os bens de Lukas e suas atuais finanças.

O casamento com Alekos resolveria isso.

Mas esse era o último motivo que a faria casar com qualquer um: dinheiro.

– Gosta de Alekos? – perguntou, e recebeu um olhar desconfiado.

– Ele é legal.

– E gosta de você, sabia? – Niko deu de ombros de novo. – Por que não lhe mostra os aplicativos que fez? Tenho certeza de que Alekos gostaria de ver. – Iolanthe falava a verdade, mas era difícil convencer Niko que o que ele fazia era interessante para outra pessoa.

O menino balançou a cabeça.

– Não.

– Niko... – Iolanthe suspirou sabendo que não deveria insistir, mas acabou continuando. – Só porque Lukas não gostava deles não é motivo para Alekos não gostar também.

Niko estreitou os olhos.

– Por que o chamou de Lukas?

Iolanthe mordeu o lábio. Mencionara Lukas em vez de papai. Tudo era tão complicado.

– Não sei, só acho que valia a pena tentar com Alekos.

– Não quero. – Iolanthe já ouvira essa frase demais. Niko se ajeitou sob as cobertas deixando só os olhos dourados de fora.

– E se ele não gostar? – interrogou com um fio de voz.

– Oh, tenho certeza de que gostará. – O coração de Iolanthe acelerou de alegria e tristeza ao mesmo tempo.

– Não pode saber. Não com certeza.

Iolanthe hesitou. Misteriosamente nessa semana ela e Alekos não haviam conversado sobre quando fariam a revelação. Agora parecia muito importante contar a Niko que Alekos era seu verdadeiro pai.

– Sei que vai adorar ouvi-lo falar sobre seu trabalho. Alekos tem muito orgulho de você.

– Orgulho? – Niko repetiu com dúvida e ironia. – Ele nem me conhece direito. E quem é Alekos, afinal? Por que estamos aqui? – Acabou de falar se enterrando mais nos lençóis, e Iolanthe sentiu medo. As indagações do filho faziam sentido. Apesar de suas esquisitices era muito observador e inteligente. Ela precisava conversar com Alekos sobre o futuro mais do que nunca agora.

Mas e se não estivesse pronta para isso? Queria ficar na ilha, aproveitar aquele paraíso e esquecer que *havia* um futuro.

– Estamos aqui para relaxar e aproveitar – explicou ela com cautela – e porque Alekos é um amigo. Um... ótimo amigo.

Os olhos de Niko a analisaram com suspeita.

– E por que nunca o conheci antes?

Iolanthe se sentia perdida. Cada pergunta soava como uma armadilha. Em breve estaria completamente presa.

– Não houve oportunidade, Niko. Mas... você gosta de Alekos, não gosta?

O menino franziu a testa.

– Já afirmei que ele é legal.

– Grande elogio – sussurrou Iolanthe conformada; deu um tapinha no ombro do filho como se fosse um beijo de boa-noite. Sabia que ele não aceitaria outra carícia. – Durma bem, *pethi mou.* Vejo você de manhã.

No térreo, a villa estava silenciosa enquanto as primeiras estrelas surgiam. Iolanthe respirou fundo aproveitando a tranquilidade do momento, o rumor gentil das ondas na praia e o tilintar distante de cristais no terraço, onde Alekos servia seus drinques da noite.

Haviam estabelecido uma rotina agradável e compartilhavam drinques no terraço antes do jantar com Niko ou mais tarde quando o menino ia dormir.

Neste instante, Iolanthe parou junto às portas-janelas e fitou Alekos; estava meio escondida pelas cortinas leves e podia observá-lo sem ser notada. Ele estava lindo como sempre, o cabelo negro ainda um pouco úmido do banho após o passeio de vela à tarde. Trocara o short e a camiseta por uma camisa branca de algodão e calça cinza. Iolanthe prendeu a respiração enquanto lutava contra uma onda de desejo. Nessa última semana, aprendera a confiar, mas não completamente; às vezes se questionava se um dia confiaria plenamente, apesar da paixão que a dominava sempre que estavam perto um do outro.

Alekos pressentiu sua presença, porque se virou na sua direção. Estreitou os olhos por causa do brilho das luzes que vinham do interior da casa, e Iolanthe deixou seu esconderijo.

– Acabei de acomodar Niko.

Alekos lhe entregou um copo de *retsina,* outro vinho grego.

– Ele está bem?

– Sim ... – Iolanthe tomou um gole. – Gostou de velejar.

Alekos franziu a testa.

– Você não parece muito certa.

– Ele fez algumas perguntas. Sobre quem você é para nós.

Alekos enrijeceu, os longos dedos apertando o copo de cristal.

– E o que você respondeu?

– Que era um grande amigo, entretanto, tal resposta não irá satisfazê-lo por muito tempo.

Iolanthe sentiu o orgulho na voz de Alekos quando respondeu:

– É um garoto esperto e questionador. – Baixou o copo e a fitou. – E você sabe qual a solução que posso sugerir para esse dilema, não sabe?

Ela sentiu um aperto no estômago e tomou mais um gole da bebida.

– Eu sei?

– Casamento. O mais depressa possível. – Ele continuou sem parar de fitá-la. – Tenho sido paciente.

– Alekos, nossa convivência começou há *uma* semana. – Iolanthe respirou fundo para conter seus ímpetos e se proteger. – É pouco tempo.

– Para mim é longo.

– Creio que para você uma semana com qualquer mulher é muito tempo – comentou ela com uma ponta de ciúme, mas ele balançou a cabeça com teimosia.

– Meus relacionamentos fúteis do passado acabaram. Não há mais nenhuma outra mulher em minha vida agora, e quero me relacionar só com você. Além disso, já me privou da companhia de meu filho por quase dez anos.

Ela recuou.

– Ainda me culpa...

– Não quero falar do passado – cortou Alekos. – Já não é relevante.

– Contudo, acabou de *dizer*...

– Recuso-me a aceitar não como resposta, Iolanthe. Não quando diz respeito a Niko. Não quando se refere à nossa união.

Ela respirou fundo, lutando para dar uma boa resposta.

– Já fui forçada a me casar uma vez. Não quero ser forçada pela segunda vez.

– E eu não gosto que me forcem a ficar de lado – retrucou Alekos com ênfase. – Do que tem medo? Um casamento entre nós é a resposta certa, e sem dúvida existe a química. – Seus olhos brilharam de desejo. – Ou prefere que prove para você?

– Não – mentiu ela. – Mas... também não quero outro casamento frio e sem amor, Alekos. Espero mais da vida.

A expressão dele se tornou cautelosa.

– Pensei... confessara antes que passara sem amor e tivera seus momentos de felicidade mesmo assim.

– Eu não estava interessada em amor... com Lukas. – Tarde demais percebeu como isso poderia parecer, e notou o rosto surpreso de Alekos. – Quero dizer... não quero ser solitária. Sentir que alguém me exclui de sua vida.

A expressão de Alekos se suavizou com alívio. Sem dúvida, a ideia de que ela o amasse era algo que o horrorizava. Iolanthe não soube se ria ou chorava diante disso.

– Não será excluída – garantiu ele.

– Mas como acha que seria um casamento entre nós? – inquiriu Iolanthe com cautela.

– Como essa semana – respondeu ele. – No entanto melhor. Muito melhor à noite.

Ela percebeu a indireta de cunho sexual.

– Do que tem medo de verdade, Iolanthe? – insistiu ele em voz baixa. Deu um passo à frente e percebeu como ela ficava excitada com esse simples gesto de aproximação.

– De muitas coisas – conseguiu ela pronunciar. – Tantas...

– Cite uma – ele a desafiou, mas havia bondade em seus olhos. Iolanthe tomou fôlego. *Confiança.* Era disso que tudo se tratava.

– Receio que Niko tenha um surto quando comunicar que você é seu verdadeiro pai. – Era melhor começar falando dos problemas do filho do que de seus próprios medos.

– E por que surtaria? Por saber a verdade, que o homem que o rejeitou não era seu pai? Que o homem que é seu pai já o ama e o aceita, esperando, *desejando* ser reconhecido? – A voz de Alekos vibrava de emoção e Iolanthe ficou boquiaberta com lágrimas nos olhos.

– Fala sério? – perguntou murmurando.

– Mais sério impossível.

– Você... ama Niko? Quero dizer, agora que o conhece e não só porque é seu filho?

Alekos hesitou, e Iolanthe notou a surpresa em seu semblante. Não estava acostumado com a ideia de amar alguém. Isso o assustava.

– Sim, eu o amo. – Parecia espantado com as próprias palavras, e Iolanthe sorriu mesmo magoada. – Sei que é cedo e precisamos caminhar muito ainda até sermos uma família de verdade, mas eu o amo. Quero Niko em minha vida. E você também.

Ela deixou escapar uma risada trêmula.

– Faz parecer que é tão simples.

– Talvez seja.

– Você ama Niko – provocou Iolanthe –, mas não está interessado em amar mais ninguém? Eu? – Precisava de uma resposta.

Alekos recuou e uma máscara impassível cobriu seu rosto.

– Por que quer saber?

– Só quero entender.

– Não quero que essa situação se complique mais – respondeu ele com cautela. – O amor entre pai e filho... é simples. Um fato biológico.

– E entre um homem e uma mulher? – interrogou Iolanthe insistindo também com cautela.

– Não sei aonde você quer chegar com essa conversa – proferiu ele após uma pausa, e com a voz fria. – Ou o que espera que eu diga.

– Também não sei – admitiu Iolanthe rindo tolamente para acabar em um suspiro. – Acho que estou apenas dizendo o óbvio. – Respirou fundo, afastando o grande desapontamento.

– Iolanthe, qual o problema?

– Só estou... triste – respondeu ela após um breve silêncio. Virou-se para fitá-lo com uma expressão honesta e... temia... muito reveladora. – Sobrevivi a um casamento sem amor por dez anos, e isso quase esvaziou minha alma. Não quero outra experiência dessas.

– Já lhe assegurei que conosco não será assim – respondeu ele com ênfase.

– Refere-se ao sexo, mas não ao amor. Não quer *me* amar. – Ela viu a resposta nos seus lábios cerrados e no queixo duro. – Não importa o quanto diga me desejar ou que eu seja a única na sua vida.

– Não entendo o que o amor tem a ver com isso – comentou Alekos. Voltara a falar com frieza e Iolanthe duvidou que tivesse se emocionado antes. – Você declarou que estava acostumada a viver sem amor. Mentiu?

– Não *menti* – respondeu Iolanthe com fúria. Entretanto, uma semana de diversão, sol e beijos desapertara seu coração há muito anestesiado. Uma semana atrás antes de vir para a ilha, não ousara sonhar com amor, deixara para trás suas esperanças juvenis. Mas ali com Alekos tudo voltara. Pena ele não pensar assim.

– Então? – insistiu ele. – O que mudou?

– Nada, eu só... – Iolanthe não queria explicar como *ela* mudara. Como estava se apaixonando por ele. Alekos não estava interessado e deixara bem claro. Ele a queria na cama e participar da vida de Niko. Seria assim seu casamento, e não importavam as promessas que ele fizera de não magoá-la. – Só estou processando o significado de tudo isso. Casamento é um grande passo, Alekos. Você acha que é simples.

– É uma decisão simples de tomar considerando tudo que envolve – replicou ele, respirando fundo. – Mas se pareço impaciente, Iolanthe, é porque... – Ele sorriu retirando o copo da mão dela. – Desejo tanto você.

Desejo, não amor. Já era alguma coisa, refletiu ela. Alekos passou o braço pela sua cintura e a puxou para si enquanto ela erguia o rosto para receber um beijo. Quem sabe, pensou Iolanthe, acabasse se contentando apenas com isso.

CAPÍTULO 13

ALEKOS OBSERVOU Iolanthe e Niko conversando junto ao laptop dele e tentou ignorar a inquietação que a conversa da noite anterior e o desejo insatisfeito haviam causado. O que dera em Iolanthe para falar de amor? Ele pensara que estavam sintonizados. Esperava que ela quisesse o mesmo que ele... um casamento de conveniência e sexo.

Exceto, refletiu com ansiedade, suas intenções desde a última semana haviam começado a mudar; gostava de passar tempo ao lado de Iolanthe, conversar, além de beijar. Raios! Sim. Mas isso não era *amor*. Isso não significava precisar de alguém para se sentir completo e feliz. Não queria se sentir assim nunca mais. Sabia aonde isso levava. Amara o pai e a mãe completamente e eles o haviam abandonado. Os anos seguintes não haviam sido diferentes, e não daria a oportunidade à Iolanthe de fazer o mesmo. Não entregaria seu coração.

O corpo sim. Sua amizade. Até sua devoção e lealdade incondicionais. Porém, aquele órgão sensível e vulnerável: o coração... estava enterrado sob a ambição e a vingança implacáveis... e não havia discussão. Ponto final.

– Alekos? – Iolanthe lhe lançou um sorrido e ele se alegrou ao vê-la relaxada, apesar da discussão da outra noite. – Niko quer lhe mostrar uma coisa.

– OK. – Ele se levantou da cadeira no deque e foi se reunir aos dois na mesa do terraço. Niko abaixava a cabeça para não olhá-lo, e Alekos esperou, pois já entendia e aceitava que o filho precisava de tempo.

– Mostre para ele, Niko – incitou Iolanthe. – Alekos vai ficar tão satisfeito.

– Claro que sim – confirmou Alekos, mesmo sem fazer ideia do que se tratava. Após alguns longos segundos, o menino ergueu a tampa do laptop em silêncio para mostrar a tela. Confuso, o pai tentou olhar para o filho, mas Niko voltara a baixar a cabeça tanto que o cabelo cobria seu rosto. Então Alekos fitou a tela.

Levou alguns segundos para perceber que estava vendo a codificação para um aplicativo de celular bastante complicada. Fitou Niko outra vez.

– Foi você quem criou?

O menino se encolheu.

– Sim... – sussurrou.

– Sozinho?

– Sim...

Alekos tornou a fitar a tela.

– Niko, é surpreendente, um menino da sua idade... – Balançou a cabeça, impressionado e animado. – Mostre-me o aplicativo.

Com um sorriso tímido e incrédulo, Niko apertou algumas teclas. Encantado, Alekos logo assimilou o conteúdo.

– Então o aplicativo rastreia os zumbis no celular e alerta...

Niko aquiesceu com um gesto de cabeça ansioso, fazendo Iolanthe rir.

– Acho que vou deixá-los com seus zumbis – brincou alegremente, apertando o ombro de Alekos ao passar. Ele lhe lançou um rápido sorriso para logo voltar ao computador com Niko, ambos mergulhando no que se passava na tela.

* * *

IOLANTHE PENSOU que seu coração fosse transbordar de felicidade e agradecimento. Alekos *conseguira,* conquistara Niko porque entendera e se entusiasmara pelo que o filho dela... *deles*... fazia. Era mais do que esperara e do que ousara sonhar.

Por segundos, lamentou pelo que poderia ter sido, caso Alekos tivesse sido mais compassivo há dez anos e se ela tivesse tido mais coragem.

Mas estava farta de remorsos. Agora queria pensar no que o futuro reservava para ela, Niko e Alekos... Tivera muito em que pensar nos últimos dias, muito que analisar e decidir. Saber se o que Alekos oferecia era o suficiente. E começava a pensar que talvez fosse.

Uma hora mais tarde, Alekos encontrou-a deitada na areia da praia com as pernas esticadas e os braços atrás da nuca, a brisa marinha acariciando as mechas negras de seu cabelo.

– Desculpe se demorei muito – disse ele se sentando ao lado dela.

– Estou feliz que tenha ficado com Niko. Viu todos os seus aplicativos?

– Sim. São brilhantes. – Alekos sacudiu as mãos com satisfação e orgulho evidentes também na sua voz. – Geniais. Gostaria que tivesse me mostrado antes.

– Ele mostrou para Lukas – murmurou Iolanthe. – Lukas... não se interessou.

A expressão de Alekos ficou sombria e ele endureceu o queixo.

– Isso ficou no passado. As coisas são diferentes agora. Vou comercializar os aplicativos de Niko através da minha empresa e com a ajuda dele.

– Niko vai adorar, mas... – Iolanthe hesitou não querendo estragar o instante feliz, contudo precisando falar. – E quanto à Petra Innovation?

A expressão dele não mudou, mas ela sentiu sua tensão.

– O que tem ela?

– Sabe que significa muito para Niko... e para mim. Meu pai construiu a empresa do nada...

Alekos deixou escapar uma risada desagradável.

– Do nada?

Iolanthe ficou chocada com sua atitude.

– Seu sarcasmo tem a ver com o que aconteceu anos atrás? Sobre algum projeto que meu pai tinha e você não? – Tentava esquecer isso para não arruinar o que ela e Alekos estavam construindo agora. Fosse lá o que acontecera, fora há muito tempo. Queria acreditar que recomeçariam do zero.

Alekos estreitou os olhos para o mar.

– Vamos deixar o passado para trás, Iolanthe. Niko é meu filho. Sua herança será a Demetriou Tech. – Fitou-a com determinação. – Deixemos as coisas assim.

– E a Petra Innovation...

– Não quero discutir sobre isso.– Seu tom era gelado, e Iolanthe ficou frustrada e silenciosa. Os dois estavam se dando tão bem, no entanto, em momentos como esse ela refletia se tudo não passaria de uma miragem. Uma fantasia. Quando se tratava de algo importante para ela Alekos se recusava a ceder. Ele jamais permitiria que ela se intrometesse em certas coisas.

Mas, talvez, em vez de desistir, ela pensou com medo, fosse melhor avançar. Ousar. De que outro modo ela e Alekos superariam isso? Um dos dois precisava arriscar. Um salto para o desconhecido por mais apavorante que fosse.

A indagação em sua mente lhe dava um frio no estômago. *No que ela estava pensando, afinal?*

– OK, Alekos – sussurrou. – Vamos deixar assim.

Por enquanto.

O SOL desaparecia no mar quando Alekos olhou pela janela de seu quarto sem nada ver. A conversa com Iolanthe nessa tarde o deixara angustiado, entre a vontade de esquecer o passado e a certeza de que não conseguiria. Maldito Talos Petrakis e seu legado sem fim de traição e vingança. Como explicar à Iolanthe o que seu pai fizera? Talvez ela nem acreditasse, e se acreditasse ficaria magoada demais.

Por que ela não conseguia simplesmente deixar o assunto de lado? Por que se importava tanto com a maldita Petra Innovation? Alekos resmungou. Esperava ter feito uma trégua para o resto do dia com Iolanthe. Haviam mantido uma conversa deliberadamente leve e jantado em família com Niko, depois se seguira o ritual da noite com drinques no terraço enquanto ela colocava Niko na cama. E agora lá estava ele, sozinho, inquieto, em dúvida e excitado.

Ouviu uma leve batida à porta e ficou tenso.

– Alekos? – Iolanthe abriu e parou no umbral.

– O que faz aqui? – Ela piscou diversas vezes diante do tom áspero e ele se culpou por isso. Queria recebê-la bem, mas estava surpreso. – É claro que estou feliz por vê-la – acrescentou depressa. – Entre.

Ela entrou e fechou a porta. Trocara de roupa e usava um vestido solto cor de lavanda que exibia seu bronzeado recém-adquirido; o cabelo estava solto sobre os ombros, e apesar da postura tímida seu olhar era firme.

– Você não voltou para o terraço – murmurou ela.

– Pensei que estava com Niko no quarto dele.

Ela inclinou a cabeça para um lado.

– Preferia ficar sozinho?

– Não – respondeu ele com a voz rouca; Iolanthe começara a se aproximar ondulando levemente os quadris e sorrindo. – Ao contrário, pensei que *você* quisesse ficar sozinha.

– Não quero.

– Ótimo.

Iolanthe parou na sua frente com um sorriso estranho e uma veia pulsando na garganta. Ele podia sentir seu perfume natural misturado ao aroma de baunilha.

Alekos engoliu em seco sentindo o coração disparar.

Iolanthe ergueu a mão e colocou sobre sua face como ele fizera com ela séculos atrás. Deslizou os dedos até tocar seus lábios. Agora o sedutor se transformara no seduzido.

– Alekos... – hesitou ela. – Estou pronta – sussurrou por fim.

– Pronta...?

Ela deu um passo à frente e o vestido roçou as pernas de Alekos enquanto os seios tocavam seu peito.

– Espero que entenda o que quero dizer – acrescentou, soltando uma risada rouca que quase o fez ficar de joelhos.

– Entendo. – Todavia, fora a última coisa que esperara nessa noite. Estivera ali se torturando sobre o futuro quando Iolanthe pretendia seduzi-lo. Alekos não sabia se ria ou rangia os dentes.

– Bem... – ela arqueou as sobrancelhas, claramente esperando que ele assumisse o controle da situação, e Alekos quase fez isso, pois seria muito fácil. Maravilhoso. Não esperara tanto? Não ansiara em enterrar o passado? Entretanto, algo o fazia hesitar, e então arqueou as sobrancelhas.

– Bem?

– Pensei... – ela mordeu o lábio, perdendo a confiança.

Alekos enfiou os dedos pela borda do cinto e sorriu com provocação.

– E eu pensei que era você quem estava no comando aqui.

Ela arregalou os olhos.

– Mas...

– O quê? – Ele abriu os braços saboreando o instante. – Seduza-me, Iolanthe.

Ela riu novamente.

– Só tive uma experiência sexual há dez anos. Acha que posso seduzi-lo?

Ela falava com displicência, mas Alekos sabia que estava nervosa. Porém, Iolanthe precisava acreditar em si mesma como fêmea e nos dois como um casal afinado. Tinha certeza de que ela conseguiria.

Ele entrelaçou seus dedos aos dela, sorrindo, e a puxou para si.

– Aquela única experiência sexual me marcou para sempre – murmurou. – Foi única. *Trate de me seduzir*, mulher.

Com um brilho de coragem e audácia nos olhos, ela se ergueu na ponta dos pés e o beijou de leve.

– Já que insiste – sussurrou.

Alekos sabia que ainda esperava que ele tomasse as rédeas, mas se esforçou para resistir. Queria tomá-la nos braços e devorá-la com beijos. Contudo, ficou imóvel e só entreabriu os lábios para encorajá-la.

Ela afastou o rosto em dúvida.

– Alekos...?

– Sei que pode fazer melhor que isso.

Iolanthe se alarmou, mas logo um sorriso sensual a iluminou.

– Talvez possa. – E voltou a beijá-lo.

Iolanthe não contara com isso. Na verdade, não antecipara nada além de abrir a porta do quarto de Alekos. Ele queria que assumisse o controle?

Que o *seduzisse*?

Chocada, refletiu que era muito excitante. Dez longos anos em que sua sexualidade fora sufocada, agora criavam em seu íntimo um desejo enorme, e ela podia ceder a esse desejo. Decidir como e quanto queria de Alekos. E queria *muito*.

– Não sabia que gostava de ceder o controle – provocou.

– Quando vale a pena.

– Essa afirmação é a sua cara – riu ela, hesitando sobre como começar. Como se seduzia um homem do tipo de Alekos? Poderoso, sensual, carismático?

– Estou esperando – provocou ele.

Dois beijinhos depois, ele continuava esperando com um sorriso divertido. Iolanthe decidiu agir com mais agressividade.

Segurou a camiseta dele.

– Quero que tire isto.

– Certo. – Obediente, Alekos ergueu os braços acima da cabeça e Iolanthe o despiu deixando o tórax livre.

Já o vira sem camisa nadando e velejando, no entanto, não tocara os músculos rijos.

– Está indo bem até agora – murmurou ele.

Ela se sentiu *poderosa*.

– Mal comecei... – sussurrou.

– Que bom.

Mas, apesar dos ares confiantes, Iolanthe não sabia como prosseguir. Naquela noite maravilhosa há dez anos Alekos controlara cada minuto; tudo que ela precisara fazer fora concordar.

Ela subiu as mãos pelo seu torso só para ganhar tempo. Para ousar. Adorava o modo como os músculos dele reagiam a seu toque.

– Está me torturando – murmurou Alekos e Iolanthe se deteve.

– Estou? – O alarme a dominou, mas então seus instintos femininos vieram em seu auxílio e ela desceu as mãos para o cós da calça sem deixar de fitá-lo.

Com dedos trêmulos desafivelou o cinto e baixou o zíper da calça, cada vez mais excitada.

Alekos chutou a calça para um lado e perguntou:

– Vou ser o único a tirar a roupa?

– Não... – Ela tentou baixar o zíper do vestido nas costas, mas tremia muito; sem nada dizer Alekos a fez girar e completou o serviço.

O vestido deslizou até a cintura de Iolanthe, e com um gesto rápido Alekos abriu seu sutiã.

– Pensei que *eu* deveria comandar – comentou ela.

– Só estou ajudando – sussurrou Alekos beijando sua nuca. – Do contrário explodirei.

Iolanthe estremeceu sob seu toque, apoiando-se de costas em seu peito e suspirando de prazer quando ele segurou seus seios livrando-a do sutiã de renda.

– Sonhei com isso – murmurou ele acariciando com os polegares os mamilos rijos e movimentando os quadris de encontro às nádegas dela.

– Também sonhei – sussurrou Iolanthe. De repente não sabia se podia continuar com preliminares eróticas. Seu desejo era enorme.

Virou-se pressionando o corpo contra o dele e passando os braços pelo seu pescoço.

– Beije-me, Alekos. Beije-me como se fosse o que mais deseja. – Porque mesmo sabendo que não tinha seu amor ela precisava disso, desesperadamente.

E ele a beijou enfiando a língua entre seus lábios, devorando sua boca.

Mas não era o suficiente, e ele a conduziu até a cama, amortecendo sua queda sobre o colchão com o braço enquanto continuava a beijá-la, e se posicionava sobre seu corpo.

A sensação das pernas unidas, da força do órgão rijo de encontro ao seu ventre, do torço musculoso que a pressionava contra o colchão... era muito forte, mas ainda não o suficiente.

Iolanthe enroscou as pernas nas dele e arqueou as costas precisando de mais.

Quando ele deslizou a mão no meio de suas coxas ela gritou; há tanto tempo não sentia a carícia íntima de um homem; parecia que morrera e ressuscitara sob as carícias dele.

Suspirou, frustrada, quando ele retirou a mão porque desejava mais, todavia, de súbito, ele se posicionou por cima e *finalmente* começou a penetrá-la; a doce invasão era tudo que Iolanthe desejara, a resposta para suas preces.

– Tudo bem? – quis saber Alekos, e ela acenou que sim.

– Sim... *sim...* – Parecia estranho, mas era maravilhoso também. Seu corpo o acomodou e ele começou a se mover, e Iolanthe se entregou ao ritmo pulsante e às sensações que vinham em ondas deliciosas, até que, com um grito, pernas e braços colados a Alekos, ela alcançou o clímax enquanto mil cores brilhavam diante de seus olhos e seu corpo pulsava com o prazer há tanto tempo negado.

Alekos deixou escapar seu próprio suspiro de satisfação e se afastou um pouco para retirar uma mecha de cabelo negro de seu rosto e beijá-la com ternura.

As palavras *amo você* rodopiavam ao seu redor, e Iolanthe não tinha certeza se de fato as pronunciara ou se fora Alekos. Então percebeu que ninguém as pronunciara, é claro; eram palavras que só rondavam seu cérebro desejando explodir.

Antes de ir ao quarto de Alekos conversara consigo mesma insistindo para não ir à procura de amor. Ficaria satisfeita e feliz com o que Alekos lhe oferecesse e com o que já tinham. Entretanto, parecia que seu coração não entendera o recado.

Felizmente, enquanto Alekos rolava para o outro lado da cama, ela se conteve. Não valia a pena dizer aquilo nem agora nem nunca. Ela escolhera essa vida e estava feliz. Era mais do que já tivera. E teria de bastar.

Alekos passou um braço atrás da cabeça, fazendo Iolanthe lembrar com desconforto o que acontecera dez anos antes. Duas experiências sexuais que começavam a parecer terrivelmente iguais. Sentia-se tão insegura e exposta agora como antes, e não gostava da sensação.

Alekos sorriu para ela.

– Foi maravilhoso.

O alívio a dominou assim como o desapontamento. Preferiria ouvir *amo você*. Mas aceitaria o que ele dissera. Precisava aceitar.

– Foi mesmo, não? – Concordou com um aceno e com um sorriso maroto. Podia fingir displicência. Sabia sorrir quando era preciso, e *estava* feliz de verdade. *Fora* maravilhoso.

Alekos se levantou e procurou suas roupas de costas para Iolanthe, que sentiu que devia se cobrir também.

Foi pegar o vestido no chão e estava para colocá-lo quando Alekos se voltou e franziu a testa.

– Espere.

– O quê? – Ela apertou o vestido contra o peito tentando não corar.

– Não quis... – Alekos passou os dedos pelo cabelo. – Não precisa se vestir. Não quero que vá embora, quero que fique na minha cama – confessou Alekos, afastando as cobertas e voltando a se deitar ao lado dela, abraçando-a. – Quero você na minha cama a noite toda.

Iolanthe hesitou, murmurando:

– Niko...

Ele apoiou a cabeça dela em seu ombro, e Iolanthe relaxou.

– Pode voltar para seu quarto antes do amanhecer, apenas... fique comigo agora. – Era um pedido estranho e hesitante como se ele não quisesse admitir, e Iolanthe sofreu com isso.

– OK – sussurrou ela. – Ficarei. – Pelo tempo que ele quisesse.

CAPÍTULO 14

– Preciso voltar para Atenas.

Iolanthe tentou não demonstrar aborrecimento com essas simples palavras de Alekos. É claro que ele precisava voltar para Atenas. Era um importante homem de negócios e tinha trabalho a fazer. Aliás, ela também tinha. Precisava cuidar dos poucos bens de Lukas, fazer Niko retornar aos estudos, e, basicamente, dar um jeito na própria vida. O romance de duas semanas na ilha terminara, mesmo que não desejasse.

– Quando? – questionou, lutando para manter a voz calma e despreocupada, como se isso fosse sem importância, como se não estivesse apreensiva... *aterrorizada*... a respeito do futuro para os três como uma família. Para os dois como um casal. Na última semana, desde que dormira com Alekos, parecia viver em um sonho. Passava os dias com Niko e Alekos, nadando, brincando, e até desenhando. Já enchera um caderno com esboços das paisagens da ilha e desejava continuar.

E as noites eram passadas com Alekos; exploravam seus corpos e davam mais prazer um ao outro do que ela pudera imaginar na sua inocência.

Porém, isso era fácil de fazer em uma ilha particular sem outras distrações ou tentações. Como se isso fosse a vida real.

O que aconteceria quando voltassem para Atenas?

– Devemos partir amanhã – anunciou Alekos. – Abandonei meus negócios por muito tempo.

– Amanhã... – Iolanthe fitou o mar reluzente, o sol que começava a desaparecer. Estavam sentados no terraço, tomando chá gelado enquanto Niko dava uma última nadada na piscina. Iolanthe se sentia agradavelmente relaxada após um dia velejando... e uma noite fazendo amor. A ideia de voltar para o iate e para Atenas a deixou ansiosa e tensa. Alekos podia não amá-la, contudo, dera muito de si ali na ilha. E se ficasse indiferente quando regressassem?

– Deveria ter avisado antes – disse ele. argumentou– Poderíamos preparar Niko, mas não quis pensar a respeito.

– Entendo – sorriu Iolanthe. – Sinto o mesmo.

– Preciso ir a Nova York na próxima semana – comunicou Alekos de supetão – e gostaria que fosse comigo.

Nova York. Ela sempre sonhara em passear por Greenwich Village e desenhar no Central Park. No entanto, permaneceu cautelosa.

– Niko tem suas aulas, Alekos, e não creio que ele deva ficar viajando pelo mundo...

– Não me referia a Niko. Só você.

Ela respirou profundamente e ele se inclinou em sua direção.

– Iolanthe, alguma vez você já ficou longe de Niko? Ele estuda em casa, você raramente sai, e sua vida inteira gira em torno dele...

– Quero ser uma boa mãe – retrucou Iolanthe, aborrecida com o comentário. – Pensei que entendia isso.

– Entendo. Mas não é saudável viver assim. Precisa ter sua própria vida, interesses só seus, tempo para você e para nós dois.

– Tivemos muito tempo para nós esta semana.

– Não me refiro só no quarto – replicou Alekos com olhos brilhantes apenas por ela ter mencionado. – Tempo juntos como um casal.

Ela riu.

– Não acredito que estou recebendo de você conselhos sobre relacionamentos.

Ele sorriu também.

– Talvez possa interpretar como um sinal do quanto desejo que... isso dê certo entre nós.

Iolanthe ficou sem fala. Como resistir ou se ressentir? Era o que desejava também, mesmo que tivesse medo de admitir. Temesse sonhar. Todavia, ele ainda não prometia amá-la, lembrou-se depressa. Tomara cuidado para não dizer nada que o deixasse arredio durante aquela semana. Nada de indagações pessoais nem de emotividade. Enquanto assim procedesse tudo estaria bem. Mas o que aconteceria se fraquejasse?

– O que farei com Niko? – interrogou para ganhar tempo.

– Tem uma governanta de confiança. Ela não pode tomar conta de Niko por alguns dias? Duas noites.

Um tempo a sós com o homem por quem estava se apaixonando. *Seja feliz com isso, Iolanthe. Não anseie por mais.* Engoliu em seco. Já não conseguia se manter distante dele. Então era melhor viver o sonho... aproveitar o que Alekos lhe oferecia.

– Muito bem – murmurou, e ele sorriu satisfeito.

UMA SEMANA mais tarde Iolanthe se sentava na primeira classe do avião com uma taça de champanhe entre os dedos enquanto decolavam.

A volta à realidade fora um tanto atribulada, entretanto, não tão ruim quanto Iolanthe temera. Niko ficara desapontado por deixar a ilha, e mais fechado com Alekos agora que estavam longe do cenário paradisíaco. Iolanthe tentara conversar com o filho sobre isso, porém, Niko se fechara mais ainda. Por fim, ela decidira dar tempo para que o menino se ajustasse como ela também.

Já não via muito Alekos, preocupado em pôr em ordem seu trabalho, e tratara de se ocupar voltando à vida normal e lidando com os bens de Lukas. Como temera, havia pouco dinheiro além de suas ações na Petra Innovation. Talvez devesse concordar com o encerramento da empresa embora isso a magoasse. E por certo Alekos não desmantelaria a Petra Innovation completamente sabendo agora como era importante para Niko.

Talvez relutasse em falar a respeito, contudo, Iolanthe acreditava que não agiria com tanta crueldade com o filho.

Na última semana vira Alekos duas vezes e começara a se questionar sobre suas decisões e esperanças.

No momento, Alekos relaxava no assento do avião.

– Não se preocupe tanto – sussurrou com os olhos semicerrados.

– Como sabe que estou preocupada?

– Sua postura transmite pânico – sorriu ele. – Parece um coelho preso na armadilha. Esta é a chance de Niko ter um pouco de independência assim como você.

Iolanthe aquiesceu com um gesto de cabeça ainda que estivesse tão preocupada com eles dois quanto com Niko.

– Que assuntos tem a tratar nos Estados Unidos? – inquiriu só para se distrair e acalmar os nervos.

– Estou fazendo uma sociedade com uma empresa americana para lançar um novo sistema de software.

– Sociedade? – prosseguiu Iolanthe sem pensar. – Não pode fazer isso com a Petra Innovation?

Alekos parou de sorrir.

– Não vamos falar de negócios.

Exatamente o que Talos e Lukas lhe diriam. Cerrando os dentes, Iolanthe se virou para a janela. Era isso que temia. Velhos hábitos eram difíceis de superar e por mais que Alekos fosse bondoso e charmoso havia uma parte em seu íntimo onde Iolanthe não penetrava. Uma parte que ele não desejava revelar.

Iolanthe sabia que não devia insistir, mas estava ciente de que ainda desconhecia o que Alekos pretendia fazer com a empresa de seu pai e a respeito do filho. Tratara de se acalmar pensando que não iria fechar a Petra Innovation pelo bem de Niko, mas agora percebia que não havia base para tal pensamento. E que tipo de relacionamento era aquele se ela não podia fazer perguntas para Alekos?

Tratou de sufocar as preocupações para aproveitar estes poucos dias à frente.

Aliviado, Alekos observou as rugas na testa de Iolanthe desaparecerem aos poucos. Achou que duas taças de champanhe haviam ajudado a acalmá-la. Não sabia com que ela se preocupava se era com Niko ou com *eles* dois.

Trazia na pasta um anel de esmeraldas e brilhantes que pretendia dar à Iolanthe esta noite enquanto jantavam em um dos restaurantes mais exclusivos de Nova York. Esperava que uma proposta de casamento formal e romântica ajudasse a relaxá-la.

E quanto às dúvidas dele? Tratou de afastá-las.

Não gostava que Iolanthe indagasse sobre seus planos a respeito da Petra Innovation, mas quando formassem uma família as preocupações dela sobre a empresa desapareceriam. Niko teria a Demetriou Tech que era ainda maior e mais próspera. Sem dúvida, isso deixaria mãe e filho felizes.

Assim que desembarcaram no aeroporto JFK, Alekos levou Iolanthe até uma limusine, feliz por vê-la rir e tomar mais champanhe.

– Sinto-me uma estrela de cinema.

– É assim que desejo que se sinta.

– Não precisa tentar me impressionar, Alekos – murmurou ela. – Pelo menos não com essas coisas. – Ergueu a taça em um brinde se referindo à limusine e ao hotel de luxo onde ficariam. – O que me impressiona é como foi paciente com Niko e comigo. Cheio de atenções. É o que faz... – ela se deteve e Alekos enrijeceu antecipando o que iria dizer – ... importar-me com você –terminou Iolanthe fitando a janela. – Aquele é o Empire State Building? Fantástico.

– Não, é o Harlem River Park Tower – explicou Alekos secamente. – O Empire State Building é outro. – Enquanto isso pensava que Iolanthe tentara falar em amor.

Ela quase se declarara. *Amor*. Já lhe garantira que não tinha interesse em amor, *ela* afirmara o mesmo, no entanto tocara no assunto de novo na ilha. Alekos sempre imaginara o casamento dos dois como um acordo de conveniência... e prazer. Mas... amor?

Será que ela mudara de ideia sobre isso? E ele? Mudara também?

A ideia de amar fazia seu estômago contrair e se lembrar da vergonha e desespero quando implorara ao pai para não partir, e implorara à mãe para deixá-lo ficar. E depois Talos

Petrakis... Estremeceu. Vira Petrakis como um segundo pai que se importava com ele. Confiara, admirara o velho. E agora nunca mais queria se sentir assim, indefeso e vítima das próprias emoções... e de outras artimanhas.

Mas... e se amando Iolanthe não se sentisse assim?

A pergunta queimava seu cérebro. Reclinou-se e esvaziou a taça de champanhe, afastando a ideia da cabeça.

Felizmente os dois recuperaram o equilíbrio ao percorrerem a cidade, e quando chegaram à suíte de cobertura do hotel Alekos já se sentia seguro, pronto para levar Iolanthe para a enorme cama junto às janelas que descortinavam o Central Park quarenta andares lá em baixo.

– Vamos "batizar" o quarto.

Ela riu e não resistiu enquanto ele a conduzia gentilmente para a cama e se deitava.

– Quero ver o Empire State Building – sussurrou ela enquanto Alekos baixava o zíper de seu vestido.

– Certo. Mais tarde.

– E Greenwich Village... – Suas palavras morreram em um suspiro enquanto Alekos retirava o vestido de seu corpo e se inclinava para seus seios. – Depois – concordou ela procurando os botões da camisa dele.

– Sim – prometeu Alekos. No instante tinham coisas mais importantes para fazer.

VÁRIAS HORAS mais tarde Iolanthe fitou a vista reluzente da cidade enquanto Alekos se vestia. Sentia-se alerta e cansada ao mesmo tempo após o sexo; não tinham ido ao Empire State Building, mas nenhum dos dois se importava.

Podia ser feliz, pensou, com o que Alekos lhe oferecia. O amor não fazia parte do acordo. Iolanthe entendia por causa da infância difícil dele. Decidiu que talvez pudesse viver sem amor se tivesse todas as outras coisas que Alekos prometia... confiança, afeto, lealdade, devoção. Realmente, o amor podia se comparar a tudo isso?

E daí se Alekos se fechava para ela? Tinha o resto e seria o suficiente. Certamente era muito mais do que tivera no primeiro casamento.

– Apreciando a vista? – Alekos se postou atrás dela e apoiou as mãos em seus ombros.

– Sim, é linda – respondeu Iolanthe, embora nos últimos minutos estivesse mergulhada nos próprios pensamentos sem nada ver. Alekos a beijou no pescoço e ela estremeceu para logo se afastar.

– Gostaria de conhecer um pouco da cidade antes de voltarmos para a Grécia – anunciou com desenvoltura.

– E eu quero lhe mostrar – replicou Alekos. Conduziu-a pela mão até a limusine que os aguardava, e Iolanthe resolveu apreciar a noite e parar de se preocupar.

O restaurante onde Alekos a levou era luxuoso como tudo em sua vida, e a janela junto à mesa discreta em um canto descortinava as belezas da cidade. Fizeram os pedidos, e então, para surpresa de Iolanthe, Alekos ficou de joelhos.

– Iolanthe, as últimas semanas que passei com você foram incríveis – revelou ele com sinceridade. – Quero passar o resto de minha vida com você e nosso filho. Aceita se casar comigo?

– Pensei que já tivesse me pedido – brincou ela enquanto fitava o anel maravilhoso sobre o veludo negro da caixa. Um enorme brilhante entre duas esmeraldas reluzentes.

– Como você comentou, não foi uma proposta romântica.

– E agora quer ser romântico? – interrogou Iolanthe temendo ter muitas esperanças.

– Quero lhe proporcionar o pedido que merece – respondeu Alekos, fazendo-a pensar que não era bem a resposta que desejara, apesar de estar muito feliz. – Então? Vai experimentar o anel?

Ela refletiu que ele nem esperara pela sua resposta, mas tratou de não ser tão chata. Alekos era maravilhoso. Com Niko também, e, o mais importante, ela o amava.

Ela o amava.

A percepção disso a abalou. Mas deveria aceitar... ou recusar?

– Iolanthe? – chamou Alekos com impaciência; tirou o anel da caixa e o estendeu para ela.

Sem falar Iolanthe lhe deu a mão e Alekos enfiou o anel que pareceu pesado e frio. Ela engoliu em seco. Não sabia como agir. Não sabia o que Alekos sentia.

Só sabia o que ele *não* sentia.

– Perfeito – comentou ele com satisfação, e Iolanthe sorriu debilmente. Ele se levantou e fez um brinde.

– A nós.

O desconforto começou a desaparecer à medida que a noite prosseguia, tanto por causa das atenções de Alekos como porque Iolanthe queria ser feliz com ele.

E quando voltaram ao hotel, ela esqueceu todas as dúvidas, todos os medos. Ali, no aconchego dos braços fortes, recebendo seus beijos, nada mais parecia importar.

Ainda se recuperava dos prazeres da noite na manhã seguinte enquanto Alekos tomava banho e ela descansava, satisfeita e contente. Ergueu a mão para admirar o anel. *Isso está de fato acontecendo.*

Uma mensagem vibrou no seu celular. Falara com Niko na noite anterior antes do jantar, e ele parecera feliz em casa com Amara. No entanto, o texto não era de seu filho... era da governanta.

Por favor, ligue. Niko está desesperado por causa da PI.

De início ela não entendeu, mas logo entrou em pânico. Sentou-se na cama. PI era Petra Innovation... mas por que Niko estaria desesperado? *O que acontecera?*

Com o coração aos pulos digitou o número de casa.

– Amara? – indagou com ansiedade assim que a governanta atendeu. – O que está acontecendo?

– Não viu o noticiário?

Iolanthe relanceou um olhar para o enorme aparelho de televisão de tela plana.

– Não...

– Demetriou fez o que temíamos – comunicou Amara com tristeza. – Fechou a Petra Innovation definitivamente.

CAPÍTULO 15

ALEKOS SORRIU consigo mesmo enquanto enxugava o cabelo com a toalha. Cantarolava. Estava feliz. Tudo correra bem na noite anterior segundo seus planos. Ia se casar com Iolanthe.

Era assim que se conduzia um noivado, um relacionamento, refletiu enquanto começava a se barbear. Sem os perigos de muita emotividade ou amor.

Sim, gostava de Iolanthe e ela dele. Talvez até ela julgasse amá-lo, mas Alekos tinha mais experiência. O amor era sinônimo de fraqueza e dor, e nenhum dos dois deveria sentir isso.

Não se ele pudesse evitar.

Ainda cantarolava quando saiu do banheiro, mas parou de supetão, assustado ao vê-la não deitada e sensualmente morosa como esperara, mas de pé ao lado da cama e totalmente vestida.

– Por que fez isso? – murmurou furiosa. – Como pôde depois de tudo, Alekos? Depois... – Apontou para a cama retirando o anel do dedo e escondendo na mão. – Seu senso de tempo é horrível, devo dizer. Precisa melhorar isso. Se tivesse juízo teria avisado sobre o fechamento depois de casarmos, garantir que eu caísse na armadilha de vez.

Mas ele estava para se fechar diante da raiva e desprezo dela. Era seu escudo protetor para não se deixar levar pelas emoções.

Iolanthe riu sem alegria.

– Já passamos por isso, Alekos. Uma noite de paixão que acaba com você me chutando porta a fora.

Desta vez ele ficou furioso.

– Não estou chutando ninguém. Acho que é *você* quem...

– Preferia que estivesse! – interrompeu ela – Em vez de fingir quando o tempo todo pretendia...

Alekos tentou se aproximar com os braços abertos para confortá-la.

Iolanthe se afastou como se tivesse repulsa, o rosto contorcido. Alekos deixou cair os braços, horrorizado. Ela *jamais* o fitara daquele modo, nem mesmo quando, anos atrás, ele lhe assegurara que tudo não passara de sexo.

– Iolanthe...

– Não me toque. Não fale comigo. – Entregou o anel para ele, mas Alekos rejeitou.

– Não vou pegar de volta.

– Acabou, Alekos...

– Não acabou. Fizemos sexo há vinte minutos! – Amedrontado perguntou:

– O que houve?

Ela o fitou, pálida, os olhos enormes.

– Você não sabe mesmo? – sussurrou. – É assim tão... arrogante? Pensou que não teria importância?

Ele já fazia ideia do que se tratava. As notícias esta manhã... Iolanthe ficara sabendo.

– Petra Innovation – declarou ela sem inflexão, confirmando suas suspeitas. – É disso que estou falando. O noticiário informou logo cedo que você vai mesmo fechar toda a empresa. Desmantelar. Na verdade já fez isso, deixou que eu descobrisse... que Niko descobrisse... através do *noticiário* da televisão. – Seu olhar era de mágoa. – Como *pôde*? Sabendo como Niko ama a empresa?

Alekos respirou fundo. Deveria ter previsto que Talo Petrakis iria persegui-lo do túmulo. O homem roubara tudo dele e continuava a roubar mesmo na morte. Exceto que desta vez a culpa era sua.

– Entendo que esteja zangada – disse mantendo a calma – mas, por favor, vamos conversar como adultos.

– Quer me convencer – resumiu Iolanthe. Ela o fitava com a inocência de anos atrás. – Alguma vez pensou em *não* fechar a Petra Innovation?

Diante de seu silêncio, Iolanthe acenou devagar entre as lágrimas.

– Foi o que pensei – proferiu com serenidade; abriu o punho e o anel caiu sobre a cama.

Alekos a viu ir embora em silêncio... *estava saindo da sua vida*. Para sempre.

– Iolanthe, espere.

– Não me toque.

– O que vai fazer? Caminhar por uma cidade desconhecida sozinha?

– Eu me arranjo.

E girando a cabeça com raiva bateu a porta da suíte.

IOLANTHE DEIXOU o hotel seguindo pelas ruas de Nova York e caminhou até ficar sem fôlego. Precisava voltar, fazer a mala, marcar um voo, e retornar para o filho.

Amara lhe contara que o menino lera a notícia na internet e ficara desesperado. E ela estava longe do filho pela primeira vez.

Culpa de Alekos.

Respirou fundo, magoada e se sentindo traída. Como ele pudera? E como ela pudera ser tão estúpida para cair ainda mais na conversa dele?

Todavia, no momento, não podia pensar em seu coração partido. Só Niko importava. Ergueu os ombros e se encaminhou de volta ao hotel... e Alekos.

Pediu na recepção um voo para Atenas nesta tarde, e depois subiu com o coração pesado para encarar Alekos... e dizer adeus.

Não estava exagerando, estava? Por um instante no elevador considerou essa possibilidade. Talvez devesse ter se controlado mais... porém, o que ele poderia explicar? Fechara a Petra Innovation e, pior, nem pensara nela ou em Niko, na família que dizia querer.

Que família! Tristemente ela lembrou que ele nem tentara se explicar nem pedir desculpas, e quando a porta do elevador se abriu na cobertura concluiu que ele *nunca* se importara com o pedido dela. Persistente e determinado fizera o que queria.

Onde estava Alekos?

Ela o chamou. Não houve resposta, e Iolanthe foi fazer a mala.

Parou à entrada do quarto ao vê-lo sentado na cama com o rosto entre as mãos.

Ele ergueu os olhos como se não acreditasse que ela estava lá.

– Pensei que me havia me deixado.

Parecia tão desesperado que Iolanthe quase correu e o abraçou, esquecendo tudo. Mas não. Isso não dizia respeito apenas à empresa de seu pai; dizia respeito a eles e ao casamento. E Alekos não estava preparado.

– Sim, deixei você. Voltei para fazer a mala.

Ele retrocedeu, abalado, e mais uma vez Iolanthe sentiu compaixão. Entretanto, passou por ele e pegou a mala com os dedos trêmulos.

Alekos ia deixá-la partir. Estupidamente queria que ele lutasse. Por eles. Que se explicasse... *qualquer coisa*. Mas Alekos permanecia em um silêncio teimoso.

E o que ela esperava, pensou, se também não estava lutando por eles?

Percebeu que nunca lutara por nada. Há dez anos deixara que Alekos a dominasse, e depois seu pai e Lukas. Por dez *anos*. O que aconteceria se ficasse e lutasse? Não só por ela, mas pela família?

Ele ainda estava sentado na beira da cama com a cabeça baixa. Parecia derrotado.

– Fale comigo, Alekos.

– O que há para dizer? – murmurou ele sem fitá-la.

– Por que quer destruir a Petra Innovation?

Nunca pressionara Alekos para conhecer a história entre ele e seu pai... tudo porque tinha medo de aborrecê-lo e acabar com a harmonia. – Ia fechar a empresa mesmo sabendo como Niko se sentiria.

– Niko é meu filho. – Alekos ergueu o rosto com os olhos faiscando. – *Meu*. E Talos Petrakis não pode me tirar.

Iolanthe recuou.

– Do que está falando? Não entendo...

– Talvez não queira entender – corrigiu ele.

Iolanthe largou a mala.

– O que ainda não me contou?

– Nada. – Ele falou bruscamente, de costas, mas não conseguiu convencê-la. Ela refletiu que fechara os olhos para tudo... por quê? Porque era mais fácil. Por covardia.

Mas isso acabara.

– Conte. Niko está arrasado – continuou com calma. – Ele *confiava* em você. Sabe como isso é importante para um garotinho? E você está lhe tirando a coisa mais importante...

– Não deveria ser a mais importante! – Alekos cortou quase gritando. – Não deveria – continuou com a voz mais mansa, contudo, ela se amedrontou.

– Diga-me o que está acontecendo. O que tem contra minha família? Meu pai?

Ele ficou em silêncio por muito tempo, e Iolanthe prendeu o fôlego.

– Não quero magoá-la. – fitou-a com sofrimento. – E se decidiu que tudo acabou...

– *Não* acabou – contestou ela refletindo sobre todas as vezes que não mencionara o que guardava no coração. – Amo você, Alekos. Quero lutar por isso, sei que não me ama, mas...

– Amo – confessou ele. – E não suporto pensar que pode me abandonar. –Balançou a cabeça como se não acreditasse no que acabara de dizer.

– Não vou abandoná-lo – jurou ela. – Mas precisa ser honesto comigo. Que segredo esconde?

Ele sentou ao seu lado na cama. Iolanthe aguardou.

– Trabalhei para seu pai quando tinha 22 anos – começou Alekos. – Era estagiário e ele... era como um mentor para mim. Aprendi muito com Talos e em troca lhe forneci minha contribuição. – Suspirou. – Apresentei minha ideia de um novo sistema de software.

Ela arregalou os olhos.

– Talos ouviu. Pediu que fizesse uma apresentação e, tolo e ingênuo, lhe dei um DVD com todos os detalhes. Ele me prometeu um emprego de tempo integral na empresa e agradeceu.

Fez-se uma pausa e Alekos continuou:

– Talos roubou minha ideia. E fez Callos copiá-la. Depois Talos preparou... uma carta padrão... encerrando meu estágio e informando que apresentara meu sistema de software para sua "equipe" que não considerara satisfatório, e sentia muito. Seis meses depois, a Petra Innovation implantou um sistema praticamente idêntico, embora não tão bom. – Sorriu sem alegria. – Creio que Callos tentou ao máximo.

Iolanthe estava com a boca seca.

– Meu pai *roubou* você? E Lukas ajudou?

Ele a fitou sem expressão.

– Exatamente.

O cérebro de Iolanthe fervilhava.

– Mas por que... simplesmente não deixou você trabalhar para ele?

Alekos deu de ombros.

– Só posso pensar que Talos se sentiu ameaçado por mim. Queria alguém que pudesse controlar. Como Callos.

– Mas...

– Você não acredita – cortou Alekos.

– Não é tão simples – protestou Iolanthe. – Não sei em quem acreditar. Estou chocada. Dê-me um minuto. – Tentava instintivamente negar o que Alekos dizia... no entanto acreditava, porque ele falava com sinceridade. Todavia... e a imagem de seu pai...?

Fechou os olhos para dominar as emoções.

– Por que não me contou antes?

– Primeiro, porque pensei que não iria acreditar. Depois, porque não queria magoá-la.

– E não pensou que me magoaria e a Niko fechando a empresa?

– Niko herdará algo muito maior e melhor – defendeu-se Alekos. –Não estou negando nada a ele...

Iolanthe estava cansada de discutir.

– Não se trata propriamente da empresa. Cheguei a pensar em vendê-la por causa das dívidas de Lukas.

Alekos arregalou os olhos.

– Por que não me contou?

– Não é só você que pode ter segredos – retrucou Iolanthe. – Não contei para não parecer fraca.

– Mas se pensava em vender por que ficou tão zangada?

Iolanthe quase riu. Ou chorou. Ele ainda não compreendera.

– Porque não se trata mais da Petra Innovation. Ou só dela. Trata-se de nós... de confiança, franqueza. Que tipo de relacionamento teremos se você não se abre? – perguntou ela quase gritando. – Porque é tudo vingança, não? Ainda que meu pai já esteja morto ainda quer vingança. – Balançou a cabeça com desespero. – Há espaço para o amor... para mim e Niko? Pensou no que essa notícia faria com seu filho? Saber que você não revelou *nada* para ele?

As feições de Alekos se contorceram.

– Não pensei assim – admitiu.

– Porque a vingança para você era o mais importante.

– Trata-se mais de justiça que de vingança... e esperei muito por isso, Iolanthe...

– Mas Talos morreu! – gritou ela com lágrimas nos olhos. – Não pode mais prejudicá-lo nem você a ele...

– *Sabe* o que seu pai fez depois ? – interrompeu Alekos com agressividade. – Tentou arruinar minha empresa e me desacreditou diante de todos. Fez de tudo para me impedir de ter sucesso em *qualquer coisa*. – A amargura envolvia cada palavra. – Depois que me pegou com você mandou me dar uma surra. Fui *surrado* como um cão em um beco...

Iolanthe ficou pálida enquanto o fitava com horror. Alekos continuou:

– Julgava Talos um pai para mim. *Meu* herói. Coloquei--o em um pedestal e ele me iludiu chamando de filho. Para depois me apunhalar pelas costas. – Suspirou. – Tentei emprego em outras empresas, mas fui recusado porque seu pai falou mal a meu respeito. Com todos que podia. Foi pior que meu próprio pai que era só indiferente...

Iolanthe percebeu o quanto custara a Alekos revelar essas coisas. Alekos tão orgulhoso e forte. Aproximou-se. – Oh, lamento tanto...

– Não é culpa sua – sussurrou ele, tentando se afastar, mas ela o envolveu em seus braços.

– Sim, mas lamento pela dor que meu pai lhe causou. Como gostaria que tivesse me contado antes.

Mas será que teria acreditado nele? Aceitado? Podia aceitar agora depois de anos e da morte de Talos. Entretanto, talvez não acreditasse dez anos antes. Quem poderia afirmar?

Iolanthe refletiu. *Como* prosseguiriam? Como construir um futuro *agora*?

– Precisamos voltar para Atenas – avisou Alekos. – Vou conversar com Niko.

– E o que lhe dirá?

Ele a fitou.

– Toda a verdade Não acha que é hora?

DOZE HORAS mais tarde Alekos, na casa de Iolanthe, apertava seus dedos com força precisando de seu apoio.

A viagem de Nova York para Atenas fora tensa. Será que o filho o rejeitaria? E Iolanthe?

Parecia ver o mundo pela primeira vez com um olhar livre de amargura e ódio. Permitira que a vingança o guiasse por muito tempo. Só o amor de Iolanthe ajudaria. Se ela fosse paciente.

Amara surgiu da cozinha, fulminando Alekos com o olhar e depois se dirigindo à Iolanthe:

– Niko está lá em cima. Não falou nem comeu o dia inteiro.

O coração de Alekos se apertou. *A culpa era sua.*

Sempre segurando sua mão, Iolanthe o conduziu para cima.

Niko não se encontrava em frente à escrivaninha como sempre, mas deitado na cama, os joelhos magros curvados sobre o peito, de costas para a porta.

– Niko – chamou Iolanthe com carinho e lágrimas na voz.

O menino não respondeu nem se mexeu. Alekos se aproximou.

– Niko, quero... falar com você sobre o que ouviu a respeito da Petra Innovation. – Os ombros de Niko enrijeceram, porém, continuou calado. – Desculpe por não ter ponderado sobre o que fazia. Por magoá-lo.

Magoara Iolanthe e o filho. As duas pessoas que mais amava no mundo. Deixara o desejo de vingança embaçar e distorcer suas ideias sobre o que era importante.

– Não queria magoá-lo.

Niko continuou calado, e Alekos caiu de joelhos ao lado da cama, pousando a mão no ombro magro do menino.

– Niko, creio que entendo um pouco o que está sentindo – continuou. – Senti o mesmo quando criança. A sensação de... não pertencer. – Mesmo sem que Niko se movesse ou falasse Alekos sabia que prendera sua atenção. – Não pertencia porque era diferente de todos – continuou. – Vivia com uma família que não era a minha. Difícil. Era melhor mergulhar nos livros... sobre computação... do que tentar fazer com que me aceitassem.

Niko girou na cama e fitou Alekos.

– Eles amavam você? – indagou.

– Não do jeito que eu queria, e esperei muito para encontrar uma família que me amasse, Niko. Muito tempo. Mas creio que por fim encontrei. Você e sua mãe são minha família agora.

Niko tentava compreender.

– Somos? – questionou com esperança e dúvida.

– Sim. – Alekos apertou de leve seu ombro. – Se me aceitarem.

Havia tempo para contar a Niko que era seu verdadeiro pai, como e por que tudo acontecera, e estreitar os laços que já existiam entre os dois.

– Por que fechou a Petra Innovation? – inquiriu Niko.

– Porque não estava pensando com clareza. – Estranho como o desejo de vingança agora parecia fútil e mesquinho. – Porque pensava que outras coisas fossem mais importantes do que a família e o amor. – Sorriu para Niko. – Agora penso diferente.

– Vai deixá-la funcionando? Vai impedir que feche?

– Sim, se for o melhor para todos – respondeu Alekos. – Quero o melhor para nós três como família.

Niko franziu a testa em dúvida.

– Mas não somos de fato uma família...

– Seremos – prometeu Alekos com a voz trêmula. – Seremos.

EPÍLOGO

Um ano depois.

As ondas beijavam a areia quando Iolanthe saiu para o terraço, a brisa suave da noite acariciando seu rosto. Alekos se voltou para ela sorrindo e empunhando um drinque... água tônica e limão por causa da atual gravidez.

– Niko dormiu?

– Sim. – Iolanthe acariciou o ventre já crescido. Tinha tanto a agradecer.

O último ano fora de desafios e felicidade. Havia casado com Alekos em uma cerimônia íntima apenas com Niko e alguns amigos. Alekos mantivera a Petra Innovation em funcionamento, tornando-a uma filial da Demetriou Tech com foco nos aplicativos para celulares. Vários aplicativos de Niko estavam sendo comercializados por meio da empresa, e o dinheiro recebido ia para uma poupança que Alekos abrira para o filho.

Niko começara a reagir bem sob o carinho e amor dos pais, e um novo psicólogo o ajudava a firmar relacionamentos mais fortes e enfrentar os desafios da vida. Começara a frequentar a escola e se ajustar. Não fora fácil, e de vez em quando regredia alguns passos, mas... estava conseguindo, e valia a pena.

No momento tiravam férias longe da vida agitada em Atenas e descansavam em família na ilha de Alekos. E a família ia aumentar. Não apenas com o bebê que Iolanthe gerava, mas com os irmãos de Alekos, que fazia investigações para localizá-los e, se tudo desse certo, em breve se encontraria com eles. Sim, havia muito a agradecer.

– Este lugar é tão tranquilo – declarou Iolanthe junto a Alekos na balaustrada.

– A ilha faz lembrar que me apaixonei por você aqui. – Alekos sorriu. – Ou foi em outro terraço fora de um salão de baile em Atenas?

Iolanthe riu.

– Acho que lá você só sentiu desejo por mim, não amor.

– Não sei. – Alekos sentiu o bebê chutar no ventre da mãe. Dentro de três meses nasceria. – Creio que não quis admitir.

– Talvez – retrucou ela –, mas agora sou feliz... e agradecida.

– Somos agradecidos – emendou ele, beijando-a sob o luar que prateava o mar sereno. E a serenidade envolveu o mundo.

DESCOBRINDO A PAIXÃO

Michelle Celmer

– Nem é preciso dizer que isto tem que ficar só entre nós dois. Se alguém descobrir o que aconteceu aqui hoje, as coisas podem se complicar no escritório – sugeriu Zöe.

– Está bem, nem uma palavra – concordou ele.

Até aí, tudo bem. Fácil demais.

– Bem, já vou. – Ela encaixou a alça da bolsa no ombro e segurou a maçaneta da porta. – Vejo você na segunda-feira.

Nick se debruçou sobre ela, apoiando-se na porta de maneira que a impedia de sair.

– Já que isso nunca mais vai acontecer, que tal um último beijo? – perguntou.

Ah, não, é uma péssima ideia. Foi exatamente assim que tudo começou. Um simples beijo dele foi que os colocara nesta situação. Se Nick não soubesse beijar tão bem, nunca teria dormido com ele.

– Acho melhor não recomeçarmos – ela respondeu.

Nick olhava para ela do mesmo jeito sedutor que os fez se atracarem na noite anterior. De repente, parecia estar perto demais. O seu cheiro era tão gostoso e o seu rosto estava tão bonito naquela luz suave, que Zöe começou a ficar com a mente e os sentidos perturbados.

– Ora vamos, é só um beijinho – ele disse.

Como um ímã, Zöe foi atraída para ele. Sentiu seu corpo se curvar mesmo ela não querendo.

– Acho que não é uma boa ideia.

– Talvez – concordou ele enquanto lentamente ia ao encontro dela. Acariciou seu rosto com as pontas dos dedos, depois seguiu até o cabelo. O pregador abriu e soltou os cachos louros contornando o seu rosto.

– Nick, não comece – disse ela, sem fazer nada para detê-lo. – Nós acabamos de combinar que isto nunca mais aconteceria.

– Combinamos? – A mão dele passou da cabeça para o ombro e Zöe sentiu a outra alça se rasgar. Agora o vestido virara um tomara que caia. E logo a parte de cima do vestido estava jogada no chão.

Ai, meu Deus, vai começar tudo de novo.

Nick tirou a alça da bolsa do outro ombro e a deixou cair suavemente no chão, ao lado das chaves do carro dele.

– Ainda estamos aqui, e o estrago já está feito. Será que mais um tempo vai fazer tanta diferença?

Era difícil argumentar com esta lógica, especialmente com ele mordiscando a sua orelha. Ele tinha razão. O estrago já estava feito.

Que diferença poderia fazer mais um tempo?

– Então só mais esta vez – disse enquanto procurava o fecho da calça de Nick. Zöe abriu o fecho da calça e a deixou cair pelas suas pernas. – Contanto que o que acontecer neste quarto permaneça neste quarto.

Os lábios dele roçaram os seus ombros e ela sentiu os joelhos ficarem bambos.

– Está bem – disse ele.

Em seguida, a beijou e Zöe se derreteu toda.

Uma vez mais, ela prometeu a si mesma enquanto ele levantava a saia do seu vestido até a cintura e a suspendia do chão.

– Uma vez mais – murmurou ela ao abraçá-lo com as pernas enquanto ele a imprensava contra a parede e a invadia num movimento rápido.

Só uma segunda vez e eles jamais lembrariam que isso tivesse acontecido...

Lançamentos do mês:

PAIXÃO 483 – DOCE TRAIÇÃO – MAYA BLAKE

A tímida Carla Nardozzi entregou sua inocência para Javier Santino em uma noite de total rendição. Na manhã seguinte, ela fugiu, sem saber que essa rejeição marcou Javier profundamente…

PAIXÃO GLAMOUR 15 – DESCOBRINDO A PAIXÃO – MICHELLE CELMER

Nick ficou hipnotizado por sua apaixonante assistente. E o que ele mais deseja é possuí-la outra vez. Porém, teme estragar o único relacionamento que significa algo em sua vida… Até Zöe revelar um surpreendente segredo!

PAIXÃO AUDÁCIA 15 – FONTE DE AMOR – MAISEY YATES

Minissérie – Amores Inesperados 3/3

Após um divórcio difícil, ter um filho com a mulher contratada para ser barriga de aluguel de sua ex é um escândalo que o bilionário Renzo Valenti não pode permitir. E sua única escolha é convencer a irresistível Esther a ser sua esposa!

Próximos lançamentos:

PAIXÃO 484 – JURA DE VINGANÇA – CATHY WILLIAMS

Quando Sophie saiu da vida do magnata Javier Vasquez para se casar com outro, esse poderoso milionário jurou se vingar! E ao descobrir que ela está desesperada para salvar sua família, Javier oferece ajuda. Mas tudo tem um preço.

PAIXÃO ARDENTE 16 – AMOR ÚNICO – ANNIE WEST

Minissérie – *Herdeiros Secretos 4/5*

Um beijo do sheik Idris Baddour com sua ex-amante foi divulgado por todo o mundo. E, com ele, o precioso segredo que a doce Arden Willis guardou por anos foi revelado: ela tivera um filho de Idris.

PAIXÃO GLAMOUR 16 – DOCE AMOR – CAROLE MORTIMER

Após passar uma noite inesquecível com sua assistente, Nick Cavendish tentou se afastar. Contudo, livrar-se de Hebe não seria tão fácil. Afinal, ela está sentindo enjoos matinais...

PAIXÃO AUDÁCIA 16 – COMO DOMAR UM SHEIK – OLIVIA GATES

Minissérie – O orgulho de Zohayd 1/3

Ele a notou em um salão lotado. E, naquele momento, o sheik Shaheen Aal Shalaan a desejou. Com poucas palavras, conseguiu levar a bela misteriosa para a cama, onde ela despertou paixões que haviam sido renegadas por tempo demais.